안미옥
2012년《동아일보》신춘문예로 등단했다. 시집《온》,《힌트 없음》이
있다. '김준성문학상', '현대문학상'을 수상했다.

이근화
2004년《현대문학》신인추천으로 등단했다. 시집《칸트의 동물원》,
《우리들의 진화》,《차가운 잠》,《내가 무엇을 쓴다 해도》,《뜨거운 입
김으로 구성된 미래》,《나의 차가운 발을 덮어줘》, 동시집《안녕, 외
계인》,《콧속의 작은 동물원》, 산문집《쓰면서 이야기하는 사람》,《고
독할 권리》,《아주 작은 인간들이 말할 때》등이 있다. '김준성문학
상', '현대문학상', '오장환문학상'을 수상했다.

조혜은
2008년《현대시》신인상으로 등단했다. 시집《구두코》,《신부 수첩》,
《눈 내리는 체육관》이 있다.

쓰지 못한 몸으로

잠이 들었다

쓰지 못한 몸으로
잠이 들었다

초판 1쇄 2022년 12월 15일
    2쇄 2023년 2월 20일

지은이 김미월 김이설 백은선 안미옥 이근화 조혜은
기 획 김나영
펴낸이 박혜진
디자인 김성엽
편 집 이노아 김영교

펴낸곳 다람
출판등록 2012년 6월 29일 제2012-000034호
주소 서울시 광진구 아차산로 378, 3층
전화 02-447-0879 | **팩스** 02-6280-3748
전자우편 darambooks@gmail.com
홈페이지 www.darambooks.com
인스타그램 @darambooks

ⓒ 김미월 김이설 백은선 안미옥 이근화 조혜은 2022

ISBN 979-11-979493-1-9 03810

쓰지 못한 몸으로
잠이 들었다

김미월
김이설
백은선
안미옥
이근화
조혜은

"모두 불을 끄고 잠든 시간,
홀로 환하게 빛나는 모니터 앞에 앉아서
내가 마주하는 나의 속내를
한번쯤은 다정하게 들여다보고
어루만져주고 싶었습니다.

그런 바람으로 당신의 이야기를
들어보고 싶었습니다."

- 김나영 평론가

차례

—

돌려받는 사랑

—

백은선

백은선

2015년에 엄마가 되었다. 엄마가 되는 일은 이곳과 저곳에 동시에 존재하는 일 같다. 좋은 엄마이기보다 좋은 사람으로 아이의 삶에 동반자가 되고 싶다.

며칠 전 친한 언니와 밥을 먹고 있을 때 언니가 물었다. 엄마로 사는 건 어떤 거야? 나는 이렇게 대답했다. 엄마로 산다는 건 말야 '천국을 등에 업고 지옥불을 건너는 거야.' 말해놓고 보니 정말 그런 것 같았다. 천국은 내 두 팔 안에 있다. 그러나 발아래엔 불길이 넘실거리고 있다. 나는 무서워진다. 혹시라도 놓치면 다 타버릴 테니까. 온몸이 뻣뻣하게 굳어버린다. 한 걸음 걸을 때마다 나는 조금씩 녹아내리고 있다. 끝은 언제야? 언제까지 이렇게 있을 수는 없잖아. 두 다리가 녹아서 사라지면 어떻게 해야 해?

비비언 고닉은 《사나운 애착》에서 이렇게 썼다. "사실 여자들은 대부분 육아에 소질이 없다. 이제 갓 엄마가 된 이들은 그저 어디선가 본, 배워야 한다고 주입받은 다른 여자들의 행동과 습관을 모방하면서 어떻게든 하루가 무사히 지나가기를 소망할 뿐이다."정말 그렇다. 무사히 지나가기를 소망한다는 것. 작은 기침소리에 깜짝 놀라 잠에서 깨던 밤들, 단 하루만이라도 네 시간을 연달아 잘 수 있다면 얼마나 좋을까 생각하던 날들, 아이 옆에 누워 자는 척 눈을 감고 있으면 책등이 눈앞에 어른거렸다. 저것들을 꺼내 펼쳐 읽을 수만 있다면 얼마나 좋을까. 이 일이 아니라면 나는 뭐든 할 수 있을 거 같았다. 읽고 싶고 쓰고 싶어서 안달을 했다.

세상에 이런 사랑이 있을까? 누군가에게 내가 없으면 안 된다는 건 정말 엄청난 일이다. 그에게는 내가 세계이고 모든 것이다. 그의 모든 것, 말하는 것 아는 것 먹는 것 작은 동작 하나하나 속눈썹 한 올까지 전부 내게서 비롯된 것이다. 그는 나를 필요로 한다. 필요로 하는 것 이상으로 필요로 한다. 그는 자신과 나를 구분하지 않는다. 그런 세계가 가능하다는 것이 때로 구원이 되었다. 그래서 불속에서 얌전히 견딜 수 있었다. 태어나서 내가 그렇게 쓸모 있었던 적은 처음이다. 나는 늘 나를 쓸모없는 존재라고 생각했으니까. 한동안은 죽음에 대해서도 생각하지 않았다. 아니 생각할 수 없었다고 하는 게 정확할 거 같다. 감히, 그런 은밀한 상상을 즐길 자격을 박탈당했다. 책임지고 끝까지 건너야만 하는 것이 생겼으니까. 엄마라는 건 그런 것이다. 언제나 전신을 기울여 기꺼이 무너질 준비가 되어 있는 상태.

아이는 어떻게 배 속에서 열 달을 견뎠을까? 너무 어둡고 축축하고 갑갑하고 심심하지 않았을까? 가끔 나의 아이는 얘기한다. '그때는 너무 심심했어. 그래서 빨리 나가고 싶었어.' 그러나 사실 그런 생각은 사후적으로 덧붙여진 것이리라. 아이는 배 속에서 생각이라는 것을 할 수 없었을 테니까. 그러나 온전한 어둠을 찢고 바깥으로 나오는 일이 결코 쉬운 일은 아니었을 것이다. 비좁은 곳을 온몸으로 관통할 때 얼마나 고통스러웠을까. 그리고 첫 울음. 모든 생명은 고통과 눈물로 시작된다. 그것이 인생의 진실이 아닐까. 엄마들끼리 모여 임신했을 때 얘기를 하면 시간이 날아간다. 마냥 즐겁고 쉬웠던 사람은 아무도 없다. 저마다의 사연을 하나씩 듣다 보면 세상의 모든 엄마는 너무 대단하고 아름답다는 생각이 든다. 물론 나를 포함해서.

나는 지금 고등학교에서 학생들을 가르치는 일을 하고 있다. (본업은 작가지만 혼자 아이를 키우기에는 작가로서의 수입이 턱없이 부족하기 때문이다.) 우리 반은 전부 여학생이다. 때로 학생들은 내게 임신과 출산에 대해 묻는다. 그러면 나는 최대한 구체적으로 낱낱이 이야기해주는데, 늘 여기저기서 비명과 탄식이 터져 나온다. 한 번도 아무도 그런 이야기를 해주지 않았다고 학생들은 입을 모아 이야기한다. 임신과 출산 없이 세상에 나오는 사람도 있나? 그런데 왜 그 이야기들을 은폐하고 쉬쉬하는지 이해할 수 없다. 말해주면 아무도 그 방향으로 안 갈 거 같아서인가? 이러한 성 엄숙주의를 견딜 수 없다. 나는 자궁에서 일어나는 일들에 대해 더 많이 말하고 쓰고 싶다. 여성의 삶과 여성으로서 세계를 바라보는 일이 결코 단일하지 않음을 드러내고 싶다. 또한 대부분의 경우 육아의 기원은 임신과 출산에 있으니까.

나는 지금 잠든 아이 곁을 몰래 빠져나와 책상에 앉아 이 글을 쓰고 있다. 어두운 새벽 혼자 깨어 있는 이런 시간이 없다면 낮 시간을 견딜 수 없을 것이다. 어떤 관계에서든 함께 있기 위해서는 홀로인 시간이 반드시 필요하다. 아이가 아주 어릴 때는 그런 시간을 가질 수 없었다. 한 시간에 한 번씩 젖을 먹여야 했기 때문이다. 나는 이 년 동안 수유패드를 붙인 브래지어를 하고 살았다. 씻을 때를 빼면 단 한 번도 벗지 않았다. (처음 아이를 낳고 하룻밤, 속옷을 안 입고 잤을 때 이불까지 다 젖어서 깨어난 뒤 그 고초를 감당하느라 얼마나 많은 빨래를 해야만 했는지.) 평소 달라붙는 옷을 입는 것을 끔찍이도 싫어하는 내게 그것은 고문과도 같았다. 그리고 닿기만 해도 소스라치게 아픈 돌처럼 딱딱해진 가슴, 바닥에 퍼질러 앉아 유축기에 젖꼭지를 밀어 넣고 꾸벅꾸벅 졸던 밤들, 그 시간들을 생각하면 커다란 바위가 심장을 짓누르는 것만 같다. 영혼이 너덜너덜해진다. 이 몸을 데리고 그 모든 일들을 건너왔다는 사실이 믿기지 않는다. 당시 시댁에서는 삼 년은 젖을 줘야 한다고 했다. 그래야 아이가 건강하고 똑똑하게 자란다고 했다. 나는 무지하고 무지해서 그 말을 믿었고 따라야 한다고 생각했다.

처음 엄마가 되어서, 모든 말에 귀를 기울이는 시간은, 여성의 자주성과 사고력을 약화시킨다. '말을 듣지 않으면 되잖아'라고 쉽게 생각할 수 있겠지만 제대로 자지도 먹지도 씻지도 못하고 혼자만의 시간도 전혀 가질 수 없는 그 시간은 말 그대로 '정신 없는' 시간이다. 또한 듣지 않았다가 아이에게 문제가 생기거나 아프게 되면 모든 책임과 비난은 고스란히 엄마의 것이 되기 때문에 처음 엄마가 된 사람들은 타인의 말, 특히 먼저 엄마가 되어본 적 있는 사람들의 말에 무조건적으로 의지하고 따르려는 경향을 띠게 되는 것 같다. 다시 생각이라는 것을 할 수 있게 되기까지 얼마나 오랜 훈련이 필요했는지. 그때 썼던 시들을 보면 온통 아이 얘기뿐이다. 그런 시들은 시집을 묶을 때 넣을 수도 없었다. 오로지 토로에 가까운 것 같아 얼굴이 화끈거리는 시들. 그거라도 쓰지 않으면 작가로서 나의 경력이 단절될 것만 같아서 두려웠다. 나는 아무렇지 않고 여전히 왕성하게 쓸 수 있다는 것을 증명해야만 할 것 같았다. 청탁이 끊어지는 일, 오로지 '엄마' 이외에는 내 역할도 자리도 없어지는 것, 나는 그게 너무나 무서웠다. 왜 엄마들은 무엇을 끝없이 증명해야만 할까?

잠든 아이를 조심스럽게 침대에 눕히고(등 센서 때문에 깨지 않도록) 거실 한켠에 있는 내 책상(자기만의 방은 없었다.)에서 조심스럽게 타자를 치던 새벽, 나는 무엇이 그토록 간절했을까. 내 이름을 갖고 싶었다. 미치도록 그랬다. 누구의 며느리도, 누구의 아내도, 누구의 엄마도 아닌 그냥 나. 그 자리가 점점 좁아지고 있었다. 내 머릿속 작은 방에 비상벨이 울리고 있었다. '정말 그냥 이렇게 살 거야? 정말? 쓰고 싶던 것들을 전부 놓아버릴 수 있어? 네 꿈은 어떻게 하려고? 정말이야? 정말로?' 나는 아이를 낳을 당시에 한 권의 책도 없는 작가였다. 한마디로 아무런 경력의 토대도 없었다. 내 임신 소식을 들은 한 선생님께서는 "시집을 내기 전에 시집부터 가더니…… 시를 써야지 은선아, 어떻게 하려고 그래?"라고 말씀하셨다. 그때는 그 말의 의미를 잘 몰랐다. 그냥 나를 축하해 주지 않는 선생님이 아주 조금 미웠다.

왜 엄마가 꿈을 꿀 때는 이렇게 많은 장애물이 있는 걸까. 아빠는 마음껏 바깥세상에서 역량을 발휘하는데, 엄마는 왜 아기띠를 하고 빈 유아차를 밀고 다녀야 하는 걸까? 아기를 낳기 전에는 도무지 이해되지 않던 것 중 하나가 유아차가 있는데도 아기를 안고 유아차는 텅 빈 채 밀고 다니는 사람들이었다. 이제 내가 그런 사람이 되어서 동네를 유령처럼 배회하고 있었다. 딱히 갈 곳이 있어서 그런 건 아니다. 그냥 말 그대로 시간을 '죽이기' 위해서. 그러다 내가 멈추면 어떻게 알고 아이는 울음을 터뜨린다. 나는 꼼짝없이 '서서, 안고, 움직이기' 감옥에 갇혀버린 것이다. 그러다 운 좋은 날 아이가 곤히 잠들면 나는 놀이터 벤치에 앉아 울었다. 왜 우는지 생각할 겨를도 없었다. 눈물이 나와서 운다. 알뜰하게 아이가 잠든 틈을 타 눈물을 쏟아내야 하니까.

오늘 아이를 재울 때 아이는 내게 이렇게 말했다. "엄마 키워줘서 고마워." 이토록 사랑스러운 존재가 내 곁에 있다는 것은 큰 축복이다. 나는 매일 아이에게서 인간이 얼마나 귀하고 아름다운지를 배운다. 가진 모든 것을 오로지 기쁨 때문에 나누려는 것을 목격할 때마다 얼마나 목이 메는지 모른다. 그럼에도 불구하고 나는 컴퓨터를 켜고 레지던시 프로그램 안

내 메일을 보며 나도 모르게 '가고 싶다'고 중얼거린
다. 아이가 없었으면 갔을 텐데, 하는 생각을 한다.
사랑이란 그런 게 아닐까, 종종 생각했다. 숲에서 살
기로 결정한다면 바다에서는 살 수 없는 거야. 두 장
소에 동시에 존재할 수는 없으니까. 그런데 난 그러
고 싶다. 알렙*처럼 살고 싶다. 불가능하다면 가능하
게 만들고 싶다.

  사실 이혼 후 4년 동안 나는 두 마리 토끼를 (어느
정도) 잡으면서 살아왔다고 말할 수 있다. 그게 어떻
게 가능했는지 돌이켜보면 이렇다. 처음에는 베이비
시터를 고용했다. 일을 하러 밖에 나오면 시간에 맞
춰 돌아가느라 초조한 마음으로 엑셀을 밟으며 발을
동동 굴렀다. 그 시기가 지나간 다음에는 친한 친구
의 동생이 베이비시터 아르바이트를 해주었다. 조금

• 호르헤 루이스 보르헤스의 소설 《알렙》에 나오는 개념으로 시공간을 초
  월해 한번에 모든 것을 보고 겪고 알고 이해할 수 있는 마치 신과 같은
  눈을 갖는 상태의 상징. 마치 과거와 미래를 한 자리에서 조망할 수도 있
  고, 알레스카와 일본에 동시에 존재할 수 있는 것.

더 마음 편히 바깥에서 일을 할 수 있었다. 최근 1년 동안은 엄마가 아이를 봐주고 있다. 월요일부터 금요일까지 우리 집에서 지내고 금요일 저녁에 엄마 집으로 돌아간다. 나는 웬만한 바깥일을 걱정 없이 수행할 수 있는 환경을 가질 수 있게 되었다. 물론 그동안 아이가 많이 자라 손이 덜 가는 것도 사실이다. 스스로 씻고 먹고 혼자 놀이터에도 가고 친구 집에도 간다. 보통의 아빠들처럼 밤늦게까지 밖에서 술을 즐긴다거나 친구들과 만나 놀 수는 없지만, 대외적인 활동(낭독회나 강연 같은 것들)을 하는 데에 무리가 없는 상태다. 그것은 언제나 누군가 아이를 봐주기 때문에 가능할 수 있었다. 내가 있어야 할 엄마의 자리를 자본, 인맥, 가족으로 메꿔왔던 것이다. 모든 엄마들이 이와 같은 환경을 가질 수는 없다는 것도 안다. 또한 나의 엄마가 1년 전부터 전적으로 아이를 봐줄 수 있게 된 것은 엄마가 아빠와 이혼했기 때문이다. 그전까지는 자주 방문하더라도 지금처럼 아이를 돌봐주는 일은 없었다.

흥미롭지 않은가? 내가 포럼에 참석해 '여성의 삶, 여성의 몸'에 대해 진지한 이야기를 늘어놓는 동안 실제 '여성의 삶'을 살고 있는 것은 나의 어머니라는 사실. 여성으로서 엄마가 겪는 고초와 인생에 대한 이야기를 듣고 싶은 사람은 많지만 그 자리에 우는 아이가 있는 것을 원하는 사람은 없지 않을까. 장막 뒤에는 언제나 보이지 않는 노동을 하는 수많은 손이 있지만 진짜로 그것을 목격하고 싶은 사람이 얼마나 있을까.

나는 아이가 초등학교에 갈 때 걱정이 많았다. 이혼 가정의 아이이기 때문이다. 수업 시간에 가족 그리기 같은 것을 하면 어떻게 하지? 유치원에는 그런 시간이 많았다. 그때마다 아이는 나와 자신, 두 명의 사람을 그려왔다. 그림 속 나는 늘 검정색 옷을 입고 있었다. 그 이유는 내가 검정색을 가장 좋아하기 때문이다. 그런데 단 둘뿐인 가족 그림에 엄마는 늘 검게 그려져 있는 것이 어떤 상징처럼 느껴져 마음 아팠다. 혹시라도 다른 아이들이 놀리거나 따돌리면 어떻게 하지? 상처를 통해 나를 원망하게 되면 어쩌지 그런 걱정들이었다. 우리 아이가 다니는 평범한 공립 초등학교의 1학년 전체 인원은 77명이고 한 학급의 아이는 20명이 채 되지 않는다. 총 반의 개수는 4개이다. 아이가 입학한 뒤에 첫 담임 선생님과의 상담 때 걱정을 털어놓았다. 그런데 선생님께서 이렇게 말씀하셨다. "우리 학급에 한부모 가정 아이가 다섯이에요. 그러니 걱정하지 않으셔도 됩니다. 저희도 그 문제에 대해 조심스럽게 접근하고 있습니다." 25% 혹은 그 이상. 우리가 '정상 가족'이라고 부르는 가정 바깥에 있는 아이들의 수치이다. 물론 더 윤택한 생활을 영위할 수 있는 지역의 경우 다를 수 있겠지만, 어느 지역에서나 이와 같은 추세가 있을 것으로 예상된다.

그렇다면 '정상'이란 무엇일까? 엄마·아빠·아이(들)로 (마치 씨에프에 나오는 것 같은) 구성된 가족만 정상 가정인가? 이제 정상 가정에 대한 정의가 바뀌어야 할 때가 왔다고 나는 생각한다. 아니 정상 가정이라는 말 자체가 사라져야 한다. 도대체 무엇이 정상인 건지 나는 도통 모르겠다. 폭력을 일삼던 아빠와 그 사실을 모른 척하던 엄마, 돈이 없어서 하루에 라면 한 개를 끓여 국물을 남겨 놨다가 밥을 말아 먹던 나의 유년은 엄마·아빠·아이로 구성된 가정이니까 정상인가? 그럼 어떻게 바뀌어야 하느냐고? 정상 비정상을 떠나, 자연스럽게 살 수 있다면 그것이 가장 보통의 가정이라고 할 수 있지 않을까. 의식주의 불편, 심리적 불편을 어느 정도 해결하며 살아갈 수 있다면. 물론 여기에서 '자연스럽다'는 말이 함의하는 것이 무엇인지도 함께 살펴봐야겠다. 나의 경우 전혀 부자가 아니고 부모님도 생활보호대상자다. 어떤 지원도 기대할 수 없다. 나는 아이를 키우기 위해 밤마다 새벽까지 깨어 글을 쓴다. 쓰고 싶지 않더라도 그것이 무엇이건 나는 나를 팔아치운다. 한 번도 청탁을 거절한 적이 없다. 들어오는 일은 무슨 일이

건 닥치는 대로 한다. 나는 시 한 편을 25,000원을 받고 써주기도 한다. 25,000원이면 쌀이 5kg이다. 나에게는 적은 돈이 아니다. 그리고 그렇게 적은 원고료를 받는 경우에는 내 이름을 달고 나가는 글이라 신경이 쓰이더라도 딱 그만큼만 쓴다. 그저 팔아 치우기 용이다. 그런 나의 무수한 추가 근무(?)로 우리 가정은 유지된다. 구제 옷가게에서 사 온 옷의 이름표에 쓰인 이름을 아이 몰래 지우고 새 옷인 것처럼 속이는 일을 포함해서. (어린아이들 옷에는 이름이 쓰여 있는 경우가 많다.) 그것을 통해 내 아이가 부적절할 정도로 다른 아이와 깊은 이질감을 느끼지 않을 수 있다면 그게 내게는 자연스러운 것 같다.

퇴근해서 집에 오면 저녁 9:30이다. 오늘은 11:30까지 아이와 피규어를 조립하며 놀았다. 그렇게라도 엄마로서의 역할을 하려고 한다. 아이가 다른 또래 아이들보다 더 늦게 자는 것이 마음에 걸리긴 하지만 그건 우리에게 꼭 필요한 시간이니까 어쩔 수 없다고 생각한다. 어떤 가정이든 어쩔 수 없는 부분은 있을 것이다. 단지 할 수 있는 최선을 다하며 그것이 아이에게 더 나은 미래를 가져다주기를 소망하는 것이다. 단지 내가 할 수 있는 건 기도뿐이라 최선을 다해 비는 것이다. 씨앗을 심으면서 나무를 상상할 수는 있지만 실제 미래의 나무를 볼 수 있는 사람은 없다. 아마도 많은 엄마가 나와 같은 마음일 것이다. 스스로의 최선을 다하며 나아지기를 바라는 마음. 미래를 예측할 수 있는 사람은 세상에 없으므로.

이전에도 아이와 나의 생활에 대해 쓴 일이 종종 있다. 특이한 상황 때문인지 '아이와 나' 혹은 '엄마인 나'에 대해 궁금해하는 사람이 많았다. 나는 이 글에서도 마찬가지고 이전에 쓴 글에서도 지나치게 희생에 포커스를 맞춘 것 같다. 여러 가지 이유가 있겠지만 당연히 가장 큰 이유는 좋은 엄마로 보이고 싶기 때문이다. 언젠가 아이가 커서 이 글을 읽을 수도 있다는 것을 늘 염두에 두게 된다. 그러므로 엄마로

서 쓰는 글은 결국에는 미래의 아이에게 보내는 편지
이자 탄원서가 되어버리는 것 같다. 또 다른 이유가
있다면 그것은 양육권을 빼앗길 수도 있다는 공포에
서 기인한다. 나는 아이를 그쪽 집안에서 '귀한 독자
(獨子)'로 여긴다는 것을 안다. 내 손으로 쓴 글로 인
해 내가 상상할 수 있는 가장 큰 불행을 초래할 수 있
다는 공포. 그러니 나는 글 속에서 항상 좋은 엄마다.
이 글을 읽는 분들이 그것을 감안하고 이해해주셨으
면 좋겠다.

　오늘도 아이를 재우면서 이런저런 이야기를 했다.
나는 자주 "오늘 있었던 가장 좋았던 일이 뭐야?" 하
고 묻는데, 아이는 이렇게 대답한다. "지금 엄마랑 같
이 얘기하는 거." 내 가슴은 사랑으로 북받친다. 세상
에, 너는 정말 완벽한 아이야. 나는 자주 말한다. 그
러면 아이는 "아니야! 엄마가 그래!" 하고 대답한다.
우리는 한시도 떨어지기 싫어하는 쌍둥이 같다. 윤회
가 있어서 다시 태어나야만 한다면 언젠가 너와 쌍둥

이로 태어나고 싶다.

　나는 우울증을 앓은 지 오래되었다. 대체로 세상은 엉망이고 사람은 사람을 죽이고 전쟁을 한다. 빙하는 녹고 기온은 올라가고 해수면은 높아지고 며칠 동안 미친 듯이 비가 내린다. 이상기후가 계속된다. 민주주의 투표로 뽑은 대통령을 둔 대한민국은 OECD 국가 중 자살률 1위를 17년째 유지하고 있다. 나는 나뿐만 아니라 많은 엄마들이 우울증을 앓고 있을 거라고 짐작한다. 엄마가 되는 일은 가끔 인생이라는 만원 열차에 서서 영영 앉을 자리 없이 종착역까지 가야 하는 일 같다. 그럼에도 불구하고 이 열차에서 내리지 않아야 할 이유가 있을까? 이런 세상에 아이를 낳는 게 옳은 일일까? 나는 영화 《그래비티》를 생각한다. 산드라 블록은 인터뷰에서 이렇게 말했다. "《그래비티》는 사람이 모든 희망을 잃었을 때, 그 순간에도 삶에 대한 의지를 지닐 수 있는지, 무엇이 사람을 그렇게 만드는지에 대한 영화다."(기억에 의지한 거라 정확하지는 않을 수도 있지만 의미는 그랬다.) 그 말을 자주 생각했다. '그럼에도 불구하고' 사람을 움직이게 만드는 힘은 어디서 생겨나는 걸까?

감히 나는 그것이 사랑이라고 말하고 싶다. 볼 수도 만질 수도 없는 것들(사랑, 신뢰, 우정 등등)이 때로 우리를 장악하는 가장 큰 힘이라고 생각한다. 처음 아이를 낳았을 때 아기가 너무 빨갛고 머리가 뾰족해서 놀랐다. 나와 닮은 구석이라곤 하나도 없는 것처럼 보였다. 이 아이가 내 배 속에 열 달 동안 있던 아기라고? 그런 생각이 들었다. 그냥 우울했다. 너무 피곤했다. 내가 가장 처음 모성애를 느꼈던 순간은 언제였을까? 그건 아마 그 작은 손으로 내 손가락을 꼭 쥐었을 때인 것 같다. 이토록 작고 모든 것을 갖춘 작은 인간이 세상에 있다니! (나는 그때까지 머리카락은 태어난 다음 생기는 것인 줄 알았다. 보조개도, 속눈썹도. 이미 모든 것이 배 속에서 생겨 있었다.) 이 작은 인간을 내가 끝까지 지켜줘야겠다고 사랑만 알고 폭력은 모르는 사람으로, 그런 가정에서 키우겠다고 다짐했다. 그랬던 아기가 이제 커서 혼자 가방을 메고 학교에 간다. 엄마 안녕! 하고 한번 뒤돌아보지도 않고 정문을 향해 뛰어가는 아이의 뒷모습을 보고 있으면 모든 일이 전생처럼 까마득하다.

이미 사랑만 아는 아이로 키우는 일에는 실패한 것 같다. 아이는 여덟 살이 되고 처음 내게 '죽고 싶다'는 말을 했다. 삶이 너무 버겁다고 했다. 엄마 초등학교 졸업하면 뭐 해? 중학교 가지, 중학교 졸업하면? 고등학교 가지, 고등학교 졸업하면? 대학교 가거나 취직하지, 대학교 졸업하면? 대학원 가거나 취직하지, 취직하면? 계속 일하면서 사는 거지. 맙소사! 그게 인생이라고? 그래 그게 인생이야. 취직하고 살면서는? 결혼할 수도 있고 안 할 수도 있지, 결혼하면? 아이를 가질 수도 있고 안 가질 수도 있지. 이런 대화를 한참 하다 보면, 인생 전체를 조망하고자 노력하는 아이의 마음을 보게 된다. 그런데 들려줄 얘기가 겨우 이런 것뿐이라니. 이제 그만 노력해도 된다고 영어 같은 건 몰라도 되고 공부도 안 해도 된다고 말해주고 싶지만, 나는 뺄셈 숙제를 펴고 아이와 나란히 앉는다. 왜 이걸 알아야만 해? 살면서 무엇이 필요할 때 얼마만큼 필요한지, 살면서 무언가를 만들고자 할 때 어떤 수치로 설계할지, 직업을 갖고 돈을 벌 때 얼마를 쓰고 얼마를 모을지 고려할 때 그런 모든 일에 필요하기 때문이야. 나는 백 원짜리 동전을 옆에 쌓아놓고 하나하나 세기 시작한다. 봐 이게 얼마지? 아이스크림이 팔백 원인데 천 원을 내면 동전을 몇 개 돌려받게 될까? 가끔은 너무 화가 나서 나는 "네 인생이야 너 살고 싶은 대로 살아!" 하고 말해버린다. 그리고 등을 돌린 아이에게 재차 묻는다. 정말 안 할 거야?

이렇게 엄마 마음은 하루에도 수천 번 지옥과 천국을 오간다. 근데 그래도 괜찮은 것 같다. 사랑하니까 사랑하니까. 너 대신 살 수는 없지만 네가 잘 살 수 있게 항상 옆에 있고 싶다. 너는 항상 죽을 때까지 엄마랑 살 거라고 하니까, 그 약속 꼭 지켜주기를 바라. (농담)

"아이가 잠든 후

조심스럽게 타자를 치던 새벽,

나는 무엇이 그토록 간절했을까.

내 이름을 갖고 싶었다.

미치도록 그랬다."

3번은 되지 않기를

—

김미월

김미월

나를 몹시도 힘들게 하는 아이를 원망하는 마음과, 세상에서 나를 엄마라 불러주는 유일무이한 존재인 아이에게 감사하는 마음과, 늦은 나이에 출산을 해서 아이와 함께할 시간이 많지 않음에 미안한 삼중의 마음 사이를 오락가락하며 8년째 엄마로 살고 있다.

몇 해 전에 어느 문예지와 인터뷰를 한 적이 있다. 출산 후 인터뷰는 처음이었다. 서너 해를 꼬박 집에서 엄마로만 살다가 너무 오랜만에 작가로서 목소리를 내려니 어색하여 내내 횡설수설하던 내게, 인터뷰어가 마지막 질문이라며 앞으로의 계획을 물었다. 아마도 그는 다음 소설의 구상안이라든가 구체적인 집필 계획 같은 것을 기대했을 것이다.

"아주 두꺼운 이불을 덮고, 컴컴한 방에서, 사흘쯤 푹 자고 싶어요."

내가 지금 무슨 소리를 하는 거지. 말하는 도중에 아차 싶었으나 이미 내뱉은 후요, 어처구니없지만 진심이었으므로 나는 말을 거두어들이지 않았다. 인터뷰어의 곤혹스러워하는 얼굴을 보며 잠시 멋쩍게 웃었을 뿐이다.

3번은
되지 않기를

그 당시 어린이집에 다니고 있었던 딸아이는 올해 초등학생이 되었다. 그리고 나는 여전히 같은 생각을 한다. 아주 두꺼운 이불을 덮고 컴컴한 방에서 내리 사흘쯤 죽은 듯이 자고 싶다고. 벌써 8년째, 이것이 나의 현실이다.

처음 이 원고를 청탁받았을 때의 심란함을 기억한다. 원망과 후회 없이는 쓸 수 없는 글. 자책과 체념이 그 뒤를 이을 것이 뻔한 글. 더구나 소설과 달리 내가 만들어낸 인물 뒤에 숨을 수도 없는 글인데 내가 그 부끄러움을 감당할 수 있을까. 그만큼 솔직해지고 용감해질 수 있을까. 자신이 없었다.

출산 이후 썼던 일기장을 펼쳐보았다. 딸아이가 태어난 첫 해의 일기는 아기가 분유를 얼마나 먹었는지, 똥을 몇 번이나 누었는지, 잠은 몇 시간이나 잤는지, 체중이 얼마나 늘었는지 같은 정보들로 가득했다. 문자 그대로 육아일기였다. 예전에는 육아일기를 쓰는 엄마들을 육아만으로도 바쁘고 힘들 텐데 무슨 육아일기까지 쓰나 싶어 이해하지 못했는데, 내가 직접 겪어보니 아이를 낳은 후 쓰는 모든 글은 필연적으로 육아일기가 될 수밖에 없었다. 단순한 하루 일과를 적은 일기는 물론이요, 친구의 안부를 묻는 편지도, SNS에 끼적인 요즘 관심사도, 하다못해 마트에서 살 물건의 목록을 적은 메모도 모두 버전만 다를 뿐 육아일기였다. 역시 겪어봐야 아는 법이구나 하고 나는 새삼스레 일기장을 넘기며 생각했다.

아이의 신체 발달이나 섭식에 대한 정보 차원의 기록에서 벗어나 내가 무엇을 느끼고 어떤 생각을 하는지에 초점을 맞추기 시작한 것은 아이의 첫돌이 가까울 무렵부터였다. 그러나 일기 전체의 분량은 오히려 줄어들어 길게 쓴 날이라고 해봐야 대여섯 줄이요, 내용은 육체의 아픔이나 정신적 괴로움에 대한 것이 대부분이었다. 단어 두어 개가 전부인 날이 있는가 하면 날짜와 요일만 쓰고 나머지는 아예 공란인 날도 적지 않았다. 안 쓴 것이 아니라 못 쓴 것이었다. 시간이 없어서, 기력이 없어서, 한편으로는 표현할 길이 없어서였다. 어떤 말은 감정보다 깊고 정확하지만 또 어떤 감정들은 한낱 언어 따위로 표현하기에는 너무 복잡하거나 미묘하거나 파편적이어서 그것이 나를 휩쓸고 지나가도록 속수무책으로 지켜볼 수밖에 없음을 나는 그 무렵 일기를 쓰면서 절감했다. 물론 그렇게 구멍이 숭숭 난 일기였을지라도 그것을 붙잡고 있었던 시간이 그나마 내가 '쓰는 사람'임을 잊지 않도록 도와주었다는 것만은 분명하다.

그렇다. 쓰는 사람. 쓰고 읽는 사람.

나는 십대 시절부터 작가 혹은 그 비슷한 것을 꿈꾸었고, 이십 대에 운 좋게 작가가 되었으며, 삼십 대를 작가로 살았다. 앞으로도 계속 그렇게 살아갈 줄 알았다. 하지만 사십 대가 되기 직전에 아이를 낳았고 그것이 나를 바꾸었다. 읽고 쓰는 사람이었던 나는 하루아침에 다른 사람이 되었다.

생각해보면 사전에 예고된 일이었다. 나보다 먼저 아이를 낳고 키운 친구며 선후배 작가들이 누차 말해

준 바 있기 때문이다. 그러나 막연히 이렇게 될 줄은 알았어도 설마 이렇게까지 될 줄은 몰랐다. 그게 문제였다. 삶을 너무 만만하게 보았다는 것, 미래를 너무 쉽게 낙관했다는 것, 내가 믿고 싶은 대로 믿었다는 것.

여성 작가가 글을 계속 쓰려면 아이를 낳으면 안된다, 낳더라도 둘 이상은 절대 안 된다, 아니 사실은 결혼도 안 하는 게 좋다, 같은 말들. 그와 반대로 연세 많은 어르신들에게 들은, 세상에서 가장 가치 있는 일은 아이를 낳는 것이다, 아이를 낳고 키워봐야 진짜 삶을 살게 되고 인간을 진실로 이해하게 된다, 그리하여 더 깊이 있는 소설을 쓰게 된다, 같은 말들.

이 바람에도 저 바람에도 나는 흔들렸다. 하지만 결국 믿고 싶은 대로 믿었다. 할 수 있을 것 같았기 때문이다. 인간을 진실로 이해한다든가 더 깊이 있는 소설을 쓰는 것까지는 아니어도, 아이를 키우면서 글을 쓰는 일이 결코 쉽지 않을 것임이 분명해도, 어떻게든 엄마이자 작가로서 살아갈 수 있을 것 같았다.

당시 내가 보기에 출산과 육아에 뛰어든 작가들의 유형에는 대략 네 가지가 있었다.

1번, 아이를 키우면서 그 와중에 집필도 왕성하게 하는 (엄마) 작가,

2번, 육아에 몰두하느라 한동안 칩거하다가 곧 예전의 집필 궤도를 되찾는 (엄마) 작가,

3번, 육아에 전념하다가 그것을 전업으로 삼은 듯 작품 활동을 아예 접은 (엄마) 작가,

4번, 아이가 생기기 전이나 생긴 후나 크게 달라진 것이 없어 보이는 (아빠) 작가.

다른 예가 더 있을 수 있겠지만 위의 네 유형이 가장 일반적일 것이다. 나는 매우 높은 확률로 내가 2번에 속할 것이라 예상했다. 일종의 육아 휴직이라 여기고 두 해쯤 육아에 전념한 후 아이가 세 살이 되면 어린이집에 보내고 나는 예전처럼 소설을 쓰리라고 말이다. 심지어 운이 좋거나 체력이 받쳐주면 1번도 가능하리라 생각했다.

그러니까 스스로 선택할 수 있다고, 네 개의 보기

중에서 몇 번 작가가 될 것인지는 순전히 내가 어떻게 마음먹느냐에 달려 있다고 믿었던 것이다.

그것이 엄청난 착각이었음을 알 리 없던 출산 당일, 나는 산후조리원에 가져갈 짐에 600쪽이 넘는 두꺼운 책 한 권을 넣었다. 윌리엄 트레버의 소설집이었다. 외부와 단절되어 있어 조용하고, 온도와 습도가 쾌적하고, 해야 할 집안일도 없는 조리원이라는 공간은 여러모로 독서하기 좋은 곳이었다. 밥 먹을 때와 잠잘 때와 수유할 때를 빼고 나는 윌리엄 트레버를 읽었다. 아주 재미있었다. 그보다 더 재미있는 책은 그 후로 본 적이 없다. 그것이 내가 제대로 읽은 마지막 책이기 때문이다.

2주 동안의 산후조리원 생활을 마치고 귀가할 때 나는 그 책을 절반 정도 읽은 상태였다. 나머지 절반은 집에 가서 천천히 읽으리라 생각했다. 결론부터 말하면 그 절반을 나는 아직도 읽지 못했다. 그날 집에 돌아가서 마주한, 아니, 그날은 아닐 것이다, 아마

한 달쯤은 낮에도 밤에도 종일 쩔쩔매느라 거의 정신
이 나가 있었을 것이고, 가까스로 그 시간을 통과한
후 어느 정도 정신을 차린 다음 내가 인지한 현실인
즉 이렇다. 책을 펼쳐 서너 줄 읽고 있노라면 아기가
운다. 분유를 먹이고 또 서너 줄 읽으면 아기가 다시
운다. 기저귀를 갈아주고 이어서 서너 줄 읽으면 아
기가 계속 운다. 다시 먹이고 씻기고 재우다 실패하
기를 밤새 되풀이하다 보면 책은커녕 내 넋이 어디에
가 있는지도 모를 지경이 된다.

　소설처럼 일정 분량이 있는 글을 제대로 읽기가 불
가능하다는 것을 안 후 시집에 도전했다. 시는 상대
적으로 짧으니 아기가 독서를 방해하기 전에 한 편씩
온전하게 읽는 것이 가능했다. 하지만 얼마 지나지
않아 그것도 포기했다. 기계적으로 활자만 읽을 뿐
시를 시로서 감상하거나 행간을 상상하거나 시에 내
감정을 이입하거나 하지는 못했기 때문이다. 아기?
아기는 옆에서 당연히 계속 운다. 울고 먹고 뒤집고
토하고 울고 먹고 자고 기고 아프고 울고 먹고 똥 싸

고 오줌도 싸고 다치고 입원하고 울고 먹고 자고 걷고 다시 울면서 그렇게 자란다.

그 후로 지금까지 나는 소설이든 시든 책을 거의 읽지 못하고 있다. 읽으려고 해도 마치 뇌에서 책에 집중하도록 기능하는 부품 하나가 탈락한 것처럼 내용에 몰입하지 못하고 읽는 시늉만 할 때가 대부분이다. 아이가 자라면서 나 혼자 있을 수 있는 시간이 생기기는 했다. 그러나 그런 시간에조차 책에 오롯이 집중하여 완독하는 것은 불가능에 가깝다.

어쩌다 이렇게 되었을까. 혹시 책을 못 읽게 되었다기보다 책 읽기가 싫어진 것은 아닌가. 모르겠다. 그저 책장에 꽂힌 윌리엄 트레버를 볼 때마다 나도 왕년에는 독서에 집중할 수 있었지, 저것이 그 시절의 마지막 책이지, 하고 만다.

읽기도 어려운데 쓰는 것이 가능할까. 많은 사람들이 아이를 재우고 나서 밤에 글을 쓰면 되지 않느냐고 한다. 옳은 말이다. 실제로 1번이나 2번 유형에 속

하는 대부분의 작가들이 그렇게 하고 있을 것이다. 비전업 작가들도 낮에 일하고 퇴근 후 밤에 글을 쓰지 않는가. 나 역시 회사에 다니던 시절에 그랬으니 같은 방식으로 육아에서 퇴근한 밤에 글을 쓸 수 있을 것이라 생각했다.

웬걸. 일단 아이가 잠들면 육아 퇴근이라는 전제부터가 잘못된 것이었다. 다른 아이들은 어떤지 몰라도 내 딸아이는 좀처럼 깊이 잠들지 못했다. 수시로 깨어 칭얼거렸으며 행여나 깼을 때 내가 옆에 없기라도 하면 비명을 지르며 울어댔다. 아직 어려서 그런 거라고 주변 사람들이 말해주었다. 그래서 나는 아이가 다섯 살이 되면, 여섯 살이 되고 일곱 살이 되면 괜찮을 줄 알았다. 여덟 살인 지금도 아이는 내가 옆에 없으면 잠들지 못한다. 잠에서 깼을 때 내가 보이지 않으면 부스스 일어나 나를 찾아다닌다. 그사이에 잠은 다 깨고 나는 다시 아이를 재워야 한다. 그럴 때면 꼭 아이의 눈은 시간이 갈수록 말똥말똥해지고 반대로 내 정신이 점점 혼미해져간다. 동화책을 읽어주다가

나도 모르게 졸음에 겨워 헛소리를 하거나, 누운 상
태에서 얼굴 위로 두 팔을 뻗은 자세로 들고 읽던 동
화책을 잠결에 떨어뜨려 그 모서리에 이마를 찍히는
일이 부지기수다. 그러고도 아, 아프다, 생각하며 나
는 잔다. 세상에 수마처럼 힘센 것은 없다. 그런데 수
마도 아이 울음소리는 못 당한다. 엄마가 자면 어떡
하느냐고 울며 보채는 아이 목소리에 나는 다시 눈
을 뜬다. 동화책을 읽어주다가, 빨리 안 자면 혼낼 거
라고 협박하다가, 착한 아이는 빨리 잔다며 회유하다
가, 제발 좀 자달라고 애원하다가, 그러다가, 그러기
를 반복한다.

한번은 아이를 재우다 같이 잠들었는데, 꿈을 꾸었
다. 나는 바다 한복판 외딴섬에 혼자 있었다. 섬 곳곳
을 돌아다니다 웬 야구장을 발견했다. 관중석도 그라
운드도 텅 비어 있었다. 홈에서 1루까지 천천히 걸었
다. 2루까지는 달렸다. 3루부터는 날았다. 날아서 홈
에 착지한 다음 그대로 바닥에 드러누웠다. 잔디가
폭신폭신했다. 사방에서 향긋한 흙냄새가 올라왔다.

눈을 감았다. 온몸으로 햇빛을 받고 있으니 솔솔 잠이 왔다. 안 되는데, 자면 안 되는데, 하면서 잠들었던가. 요란한 울음소리에 퍼뜩 눈을 떴다. 아이가 나를 내려다보며 울고 있었다.

이야기 듣기를 좋아하는 녀석은 내가 꿈 이야기를 해주자 금세 울음을 그쳤다. 그러더니 실은 자신도 꿈을 꾸었노라 했다. 그래? 어떤 꿈인데? 아이는 진지했다. 내가 이 방에서 자고 있었는데 갑자기 괴물이 나타났어. 머리에 커다란 뿔이 달려 있고 눈은 시뻘겋고 온몸이 털로 뒤덮여 있고 이빨이 뾰족한 괴물이었어. 나는 재빨리 문 뒤에 숨었어. 괴물이 방으로 들어오더니 나를 막 찾았어. 너무 무서웠어. 그 대목에서 나는 이야기를 끊었다. 그런데 엄마는? 엄마는 집에 없었어? 아이가 나를 빤히 쳐다보며 대꾸했다. 엄마는 야구장에 있었잖아. 왜 나를 혼자 두고 야구장에 갔어?

그때 나는 생각했다. 아, 나는 꿈에서도 혼자일 수 없구나. 아이가 뜻 없이 던진 말일 뿐이지만 내게는 어쩐지 예사롭게 들리지 않았던 것이다.

물론 실제로는 아이가 어린이집에 가고 유치원에 가면 몇 시간쯤 혼자 있을 수 있었다. 그런데 뭐랄까. 몸만 혼자일 뿐 정신은 여전히 혼자가 아닌 것 같았다. 없는 아이가 옆에 있는 기분이었다고 할까. 글을 쓰려고 책상 앞에 앉으면 정신이 끝없이 분산되면서 한없이 막막해졌다. 일종의 전신(轉身)이 필요했다. 아이를 돌볼 때 장착하고 있었던 머리통을 몸에서 분리한 후 소설을 쓸 때의 머리통으로 바꿔 끼우는 작업 말이다. 그것이 잘되지 않으니 책상 앞에 앉아서도 시간만 헛되이 보내다가 '정말 죄송한데 원고를 완성하지 못했습니다.' 따위의 메일이나 정성 들여 작성할 뿐이었다.

요행히 아이는 자라면서 점점 전보다 깊이 잠들고 자는 도중에 깨는 빈도도 전보다 줄었다. 그러나 아이가 자라는 만큼 내가 나이를 먹어서인지 이제는 갈수록 내가 깊이 잠들지 못하고 내가 자주 잠에서 깬다. 깊은 밤 문득 깨어서는 멍하니 천장을 본다. 그럴

때 잽싸게 일어나서 책상 앞에 앉을 수 있다면, 소설
을 쓸 수 있다면 더없이 좋을 것이다. 그러나 나는 그
렇게 하지 못한다. 누운 채로 무기력하게 천장을 바
라보며 생각한다. 이렇게 또 하루가 가는구나. 소설
을 쓰긴 써야 하는데. 그런데 언제?

그래도 소득이 아주 없지는 않았다. 아이가 태어난
2015년 겨울부터 현재 이 글을 쓰고 있는 2022년 여
름에 이르기까지 그럭저럭 네 편의 단편소설과 한 편
의 중편소설을 완성했다. 평균을 내면 일 년에 한 편
도 안 되는 셈이니 1번은 언감생심, 2번 유형에도 속
하지 못한다고 할 수 있지만 내 딴에는 최선을 다한
결과였다. 문제는 나 하나의 최선만으로 가능한 일이
아니었다는 점이다. 그 이상이 필요했다. 그래서 숱
한 주말에 나는 아이와 함께 기차를 타고 강원도 춘
천에 있는 친정에 내려갔다.

겨우 하루나 이틀 자고 오는 일정이어도 아이와 동
행하려면 짐이 많을 수밖에 없다. 그것들을 이고 지

고 아이까지 끌고 기차에 오르는 일은 결코 만만하지 않다. 그런데 변수까지 많다. 어느 날엔가는 기차 출발 시간까지 여유가 있었는데 아이가 쉬가 마렵다고 해서 역사 내 화장실에 갔다. 그런데 느긋하게 볼일을 마치고 나오던 아이가 갑자기 응가도 하겠다며 화장실로 도로 들어가는 게 아닌가. 서둘러야 한다고 아무리 재촉해도 아이는 응가가 안 나오는데 어떡하느냐며 시간을 끌었고 우리는 결국 기차를 놓쳤다. 비슷한 이유로 기차를 코앞에서 놓친 적이 여러 번이다. 아, 그러고 보니 더 황당한 사건도 있었다. 내가 서울 집에서 춘천에 가져갈 짐을 꾸리고 있는데 아이가 괜히 내 가방을 뒤적이며 간식으로 무엇을 챙겼냐는 둥 참견했다. 그러거나 말거나 나는 기차 시간에 늦을까 정신없이 아이를 채근하여 집을 나섰다. 춘천에 도착하여 친정 엄마에게 아이를 맡기고 카페에 글 쓰러 가려고 가방을 여니 이게 웬일인가. 노트북만 있을 뿐 전원을 연결하는 케이블이 보이지 않았다. 알고 보니 아이가 내 가방을 뒤지다가 그것을 꺼내고는 원래대로 넣어두지 않은 것이다. 그날 나는 카페 대신 기차역으로 갔다. 서울행 기차를 타고 집에 가서 거실 한가운데 놓인 전원 케이블을 챙겨 다시 기차역으로 가서 춘천행 기차를 탔다. 친정집에 도착했을 때는 카페가 이미 문을 닫은 밤이었다.

그런 일들을 겪으면서도 나는 계속 친정에 갔다. 매번 내 아이를 내 엄마에게 맡기고 집 앞 카페에 가서 서너 시간씩 머물렀다. 연로하고 쇠약한 엄마에게 육아를 떠넘긴다는 송구함과, 아이 데리고 고생스럽게 춘천까지 왔는데 소득이 없으면 안 된다는 절박함으로 배수진을 치고 자판을 두드렸다. 그렇게 하여 다섯 편의 짧은 소설이나마 완성할 수 있었던 것이다.

결국 내가 엄마로서 계속 글을 쓰기 위해 필요한 것은 내 엄마였다. 신이 세상의 모든 가정에 일일이 머물 수 없어 대신 엄마를 보냈다는 옛말은 진리구나 하고 생각하면서 한편으로 나는 왜 그것이 진리인가, 신에 비유한들 엄마의 존재가 신성시되는 것이 아니라 엄마의 노동이 당연시되는 것일 뿐이지 않은가,

왜 한번 엄마가 되었던 여성은 할머니가 되어서도 육아에서 자유로울 수 없는가 하며 한탄했다.

그러다 보니 자연히 의문이 생겼다. 내가 과연 내 엄마를 희생시키면서까지 소설을 써야 하는가. 내 소설은 그만큼의 가치가 있는가. 의문은 또 다른 의문으로 이어졌다. 이것이 혹시 나 개인의 문제인 것은 아닐까. 그러니까 내가 엄마 작가로서 육아와 집필을 병행하는 것이 힘에 부쳐 소설을 못 쓰고 있는 것이 아니라 김미월이라는 인간 자체가 원래 게을러서, 체력이 형편없어서, 시간을 효율적으로 운용하지 못해서, 근성이 없어서 이 모양인 것은 아닌가 하는 의문. 나는 어쩌면 나 자신의 나태와 무능을 엄마라는 허울 좋은 명분으로 포장하고 있는 것은 아닌가 하는 의문.

이런 의문들은 현재형으로 하루에도 수없이 나를 괴롭힌다. 그러면서 동시에 왜 나는 나를 이렇게까지 내몰아야 하는가, 왜 스스로 내 일의 가치를 깎아내리고 나 자신을 비난해야 하는가, 아이를 키우면서 글도 쓰고 싶다는 마음이 그렇게 무모한 것인가, 아이를 키우는 여성이 자신의 직업에 최선을 다하지 못하고 결과적으로 이렇다 할 성과를 내지도 못할 때 그것을 개인의 문제로 치부하는 상황이 과연 자연스러운 것인가, 하며 씁쓸해한다.

문득 이 글의 결론이 점점 더 산으로 가고 있다는 생각이 든다. 아니, 처음부터 정해둔 결론이 있었던 것도 아니니 상관없다. 오히려 결론 없음이야말로 이 글이 다다를 수 있는 최선의 종착지일지 모른다. 어쨌거나 지금까지 줄곧 앓는 소리를 늘어놓았으니 누군가는 이렇게 물을 수도 있겠다. 그럼 당신은 만약 과거로 돌아갈 수 있다면 아이를 낳지 않을 건가요?

이것은 어떤 패를 내보여도 무조건 지게 되어 있는 게임이다. 그래도 아이를 낳겠다고 대답하면 여태까지 작심하고 하소연한 것이 모두 엄살로 전락할 수 있다. 한편 아이를 낳지 않겠다고 대답하면 이 세상에 엄연히 살아 숨 쉬고 있는 사랑하는 내 딸아이의 존재 자체를 부정하는 것이나 다름없으므로 어마어

마한 죄책감을 동반해야 한다. 어느 쪽도 좋은 선택이 아니다.

그럼에도 나는 대답한다. 솔직히 한때는 아이를 낳지 않겠다고 생각했었노라고. 그런데 지금은 그와 반대로 아이를 낳겠다는 생각을 한다고. 전에도 진심이었고 지금도 진심이다. 엄마가 자신의 아이를 원망하면서 사랑하고 부정하면서 긍정하는 이 곤혹스러운 양가감정이야말로 더없이 자연스러운 것 아니겠는가.

중요한 문제는 따로 있다. 과거로 돌아간다는 부질없는 가정하에 아이를 낳을지 말지 선택하는 것이 아니라, 이미 세상에 태어나 씩씩하게 커가고 있는 아이와의 삶에서 내가 앞으로 어떻게 살아갈지를 결정하는 것이다. 이 글의 서두에서 나는 아이가 생긴 후 다른 사람이 되었다고 고백했다. 더는 읽고 쓰는 일상을 누리던 사람으로 살지 못하고 있다고 말이다. 그것은 내가 무엇을 잃었는지에 대한 고백이었다. 무엇을 얻거나 무엇을 배웠는지에 대해서는 말하지 않았다. 그런 것이 있는가. 있다면 무엇인가.

역시 답하기 어려운 문제다. 다만 분명히 말할 수 있는 사실은 내가 더 나은 사람이 되고 싶다고 생각하게 되었다는 것이다. 그렇게 되면 내 아이에게도 더 좋은 일일 것이므로 나는 아이에게, 아이의 벗들에게, 아이의 이웃에게, 아이가 앞으로 살아갈 세상에 더 나은 사람이 되고 싶다. 이것은 일견 소설 쓰기와는 상관없는 문제처럼 보일 수도 있다. 하지만 실제로는 그것과 긴밀하게 연결되어 있는데, 소설을 써야 내가 더 행복해질 수 있고 그래야 더 나은 사람이 될 수 있기 때문이다. 적어도 지금까지는 그렇다. 다시 말해 3번은 되지 말아야 하는 것이다.

이것이 얼마나 막연한 소리인지 안다. 앞서 이 문제가 내 선택의 영역 밖에 있음을 밝혀놓고도 이제와 다시금 번호 운운하는 것이 얼마나 한심한 노릇인지도 안다. 그런데도 이렇게 말할 수밖에 없다. 지키기 위해서이다. 잊지 않기 위해서이다.

그러니까 엄마로서도, 작가로서도, 더 나은 사람이 되기 위해서이다.

"다만 분명히 말할 수 있는 사실은
내가 더 나은 사람이 되고 싶다고
생각하게 되었다는 것이다.
엄마로서도, 작가로서도."

지나갈 시간에 대한 기록

—

안미옥

안미옥

2020년 엄마가 되었다. 엄마가 되는 일은 깊은 강에 아주 큰 돌다리
를 스스로 놓으며 건너는 일과 같다. 어렵지만 매일 새로운 곳에 발
을 딛는다. 혼자 건너지 않고 함께 건넌다.

올여름은 유난히 무덥고 습한 것 같다. 날씨가 좋지 않으면 놀이터에 갈 수 없으니 날씨를 많이 신경 쓰게 된다. 아기는 활동량이 많고 에너지가 넘치는 타입이라서 하루 30분 이상은 야외활동을 해줘야 잠도 잘 자고 스트레스도 덜 받는다. 나는 원래 집에 있는 것을 더 좋아하던 사람이었지만 아기가 태어난 이후론 많은 것이 달라졌다. 될 수 있으면 밖으로 나가 야외활동을 하거나, 유아차를 태워 산책이라도 하려고 노력한다. 밖에 나가면 아기와 무얼 하며 시간을 보내야 하는지 고민할 필요가 없고, 시간도 잘 간다. 사람은 환경에 따라 얼마든지 변할 수 있다는 걸 요즘은 매일 깨닫고 있다. 아기가 유아차를 잘 타려고 하고, 자동차나 상가 구경하는 것을 좋아해서 산책이 가능하다. 유아차를 거부하는 아기들도 많다고 하니 그나마 다행인 것 같다.

올해는 여름에도 과일값이 무척 비싸다. 그래서 가족 모두가 먹을 양을 사지 않고, 아기 먹을 과일만 산다. 얼마 전엔 캠벨포도 한 송이를 만 사천 원 주고 샀다. 포도알 하나도 허투루 먹이지 않게 된다. 아기를 키우면서 자연스럽게 식재료에 더 관심을 두게 되었다. 이것도 나의 변화라면 변화. 내가 먹는 것은 상관이 없지만, 아기가 먹는 것은 유기농 아니면 최소한 무농약, 무항생제를 찾게 된다. 그렇지만 늘 그렇게 먹이는 것은 아니다. 가격도 비싸고 구하기도 쉽지 않다.

아기를 키우는 상황이다 보니 기후 위기를 더욱 실감하게 된다. 갑작스럽게 폭우가 쏟아지는 것도, 무더위도, 가뭄도 모두 기후 위기와 연결되어 있다는 것. 식탁 경제와 너무나 긴밀하게 연결되어 있다는 것을 무시하고 지나칠 수가 없다. 일부 지역의 꿀벌이 모두 사라졌다는 기사를 읽고는 너무 큰 충격을 받기도 했다. 아니다, 충격보다는 불안이 높아졌다는 것이 더 맞는 말일 수 있겠다. 이상기후 때문일 수도 있고, 과도한 살충제 사용 때문이라는 말도 있는데 어찌 되었든 인간의 잘못에 의한 것임은 자명하다. 나도 그 인간 중 한 명이고. 이렇게 생각하다 보면 '나의 잘못으로 인해 이제 막 세상에 태어난 어린 존재들이 피해를 보고 있는 것 같다……'며 자책하게 된다. 코로나를 겪으며 태어나자마자 마스크를 써야 하는 아기를 돌보는 심정을 뭐라 한마디로 말하기가 어려운데. 앞으로는 기후 위기가 더 심각해질 일만 남은 것 같아 불안하고 슬픈 마음이 가득하다.

여름이 되니 자주 이용하던 농산물 쇼핑몰에서 복숭아 예약판매 주문을 받았다. 아기와 함께 먹을 요량으로 한 박스를 주문했다. 순차 배송한다고 했는데, 배송이 지연된다는 문자만 계속 오고 정작 복숭아는 오지 않았다. 날씨가 복숭아를 수확하기에 적합하지 않아 부득이하게 배송이 지연된다는 내용이었다. 날씨는 사람의 뜻대로 되지 않는다. 마치 육아 같군. 그런 생각을 하고는 복숭아를 주문했다는 사실을 잊고 있었다. 그러다 3주 만에 복숭아가 도착했다. 오늘은 어렵게 도착한 복숭아 하나를 깎아서 아기와 나눠 먹은 날이다. 아직 후숙이 덜 되어 당도가 높지 않았는데도, 아기는 연신 맛있다고 표현하며 잘 먹었다. 그냥 취소해버릴까 싶은 마음을 참고 기다리길 잘했다. 참고 기다리는 일 역시 육아와 닮아있다는 생각이 든다. 그건 사실 내가 가장 못 하는 일이기도 하다. 아기가 스스로 생각하고, 말로 표현하고, 사회성을 배워 한 사람의 인격체로 성장하게 하는 일엔 '참고', '기다리기'만큼 중요한 것이 없는 것 같은데. 오늘도 참지 못하고 아기를 다그치거나 이유를 반복해서 묻거나, 도대체 몇 번을 이야기해줘야 하나 속으로 답답해하기를 반복했다. '대체 왜 그러는 거야'라고 나는 하루에도 수십번씩 생각한다. 이유를 알면 이해하기가 조금 더 편할 텐데, 내가 아기의 입장이 아니니까 이해가 다 될 리 만무하다. 그러니 이해가 되면 되는대로, 되지 않으면 되지 않는 대로 참고, 아기가 스스로 바른 행동을 할 수 있도록 기다려줘야 하는 것 같다. 내가 언젠가 무림의 고수처럼 육아의 고수가 되면 참고 기다리기도 자연스럽게 가능하게 될까? 온전한 한 사람으로 성장해야 하는 것은 아기뿐만이 아니다. 내가 먼저 태어났을 뿐이지, 아기보다 더 나은 인간이라는 보장이 없다. 정말로 간절하게 성숙한 인간이 되고 싶다고, 아기가 태어나고선 자주 생각하게 되었다. 이 복숭아가 이번 여름에 먹는 처음이자 마지막 복숭아일 것이다. 누군가 이제 복숭아도 끝물이라고 했다. 무더웠던 이번 여름도 지나가고 있다.

*

나는 이 글의 시작을 여러 번 바꿨다. 아기를 키우는 것에 대해서만 쓴다고 하면 지금보단 무리 없이 (?) 쓸 수도 있을 것 같다. (아니다, 그것 또한 막상 쓴다고 하면 어려웠을 것 같다.) 시를 쓰는 사람으로서 육아를 병행하는 일에 대해 쓰려고 하니 글의 시작부터 힘들다는 하소연만 하게 되어서 자꾸 지우게 되었다. 언제부턴가 나는 힘들다는 이야기를 잘 하지 않게 되었다. 육아에 관해선 특히 그렇다. 힘든 이야기를 하고 나면 내가 내뱉었던 말들을 자꾸 곱씹게 되고, 그러면 말하기 전보다 더 힘들어진다. 속이 후련하다기보다 내 이야기를 듣는 사람에게 독처럼 쌓일 것 같다는 생각을 자꾸 하게 된다. 그러니 육아의 고충에 대해선 할 말이 너무나도 많지만, 그렇기 때문에 별말을 못 하겠다. 그만큼의 에너지가 없기도 하다. 힘든 것에 대해 이야기하는 데에도 에너지가 드니까. 그리고 한번 말을 시작하면 멈출 수 없을 것 같은 기분이 들기도 하니까.

*

모든 삶이 직접 경험하지 않으면 정확하게 알 수 없지만, 육아는 특히 그런 것 같다. 육아는 아주 작은 디테일들이 사람을 미치게 하는 것인데.(웃음) 그 디테일까지 공유하기가 쉽지 않다. 때문에 함께 겪거나 옆에서 직접 보지 않으면 그 삶을 상상하기 어렵다. 사실, 함께 겪어도 온전히 공감하긴 어려울 수 있다.

　나는 오랫동안 아기를 기다려온 사람이었음에도 출산 이전에 상상했던 삶과 지금의 내 삶 사이에는 엄청난 괴리가 있다. 왜 그럴까. 우선 대중교통이나 공공장소, 좋아하는 카페나 식당에서 어린이나 아기를 만나기가 어려웠다. 마주치더라도 그들의 행동에 대한 이해가 없으니, 내 입장에서만 생각하고 그들의 입장에서 사유하는 일을 하지 못했던 것 같다. 가끔 육아하는 친구를 만나게 될 때면, 그들의 이야기가 전혀 다른 세상의 이야기라서 막연하게만 상상했던 것 같다. 내가 경험하지 않은 삶의 형태를 상상하고 공감하는 일이 얼마나 중요한 것인지 지금의 나는 매일 뼈저리게 깨닫고 있다. 지금은 내가 처한 상황과 다른 상황의 사람들의 삶을 상상하는 일이 중요하다는 것을 잊지 않으려고 한다. 누군가에겐 하루하루, 하나하나 너무나 큰일인데, 깊게 들여다보지 않으면 그저 흘러가 버리는 일이 된다는 것이 참 아이러니하다. 그건 비단 육아하는 삶에 국한된 것은 아닐 것이다.

*

임신과 출산은 이제껏 경험했던 그 무엇보다 큰 사건이었다. 아기를 배 속에서 키워내는 280일의 시간과 출산의 충격은 몸에 고스란히 남는다. 어떤 사람은 그 충격을 평생 가지고 살게 되기도 한다. 그런데 출산의 충격이나 후유증을 당연시하고 무관심하게 지나가는 경우가 많은 것 같다. 나의 경우엔 아기가 커서(4.0kg으로 태어났다.) 제왕절개를 했는데, 나는 그동안 절개를 가로로만 하는 줄 알았다. 얼마나 막연하게 생각하고 있었던가. 제왕절개 수술은 근막과 복막을 십자 모양으로 잘라야 아기가 나오기 때문에 겉에는 가로, 안에는 세로로 한 번 더 절개하고 아기를 꺼내고 다시 꿰맨다. 그래서 통증도 가로 세로로 온다. 지인들에게 이런 사소한 디테일 하나만 이야기해도 다들 깜짝 놀란다. 인상을 찌푸린다. 그 고통이 구체적으로 전해지는 기분이 들어서일 것이다.

생각해보면 나도 육아나 임신 출산에 대한 정보가 별로 없었다. 그래서 출산 전에는 인터넷 카페나 블로그에 하루에도 수십 번씩 방문하여 후기를 찾아 읽었다. 가장 큰 이유는 겁이 났기 때문이다. 겁은 나는데 전혀 모르는 세계라서 어떻게 대처해야 하는지 몰랐기 때문이다. 정보가 제공되는 책도 읽었지만, 그 책들엔 보편적인 사실들만 나열되어 있었다. 나만 이런 것인지, 아니면 원래 이런 것인지 알 수 없었다. 인터넷에 올라오는 생생한(?) 후기들을 찾아보면 나만 그런 것은 아닌 것을 알게 되어 조금 안도할 수 있었고, 불안을 잠재울 수 있었다.

나는 임신 초기에 피고임 증상이 있었다. 자궁에 피가 고여 있는 상태인데, 피가 자연스럽게 마르면 좋지만 그렇지 않으면 유산할 위험이 있는 증상이었다. '피고임'이라는 단어 자체도 생소한데(매우 직관적인 명명이지만) 고여 있던 피가 한꺼번에 배출이 되면 태아도 함께 나와 유산될 수 있다고 하니 긴장할 수밖에 없었다. 의사는 이런 경우 몸의 충격을 최소화해야 한다고 했다. 즉 최대한 누워 있기. 내가 자발적으로 누워 있는 것과 누워 있어야 해서 누워 있는 것은 매우 다르다는 걸 알게 되었다. 내 몸이지만 내 몸이 아닌 것 같은 기분으로, 매우 부자연스러운 상태로 온종일 누워 이 증상이 빨리 사라지기를 바랄 수밖에 없는 시간을 보냈다. 주기적으로 병원에 가서 주사를 맞거나, 상태를 확인하는 검사를 할 때 말고는 외출을 자제했다. 누워서 인터넷 카페에 들어가 수많은 피고임 사례를 읽으며 나와 유사한지 아닌지, 어떻게 해결했는지 살피는 일로 대부분의 시간을 보냈다. 사례를 찾아보는 일엔 장단점이 있었다. 누구에게나 일어날 수 있는 일이라는 사실에 위안을 받거나 정보를 얻는 것은 좋은 일이나, 그 대처 방법들이 믿을 만한 것인지 알 수 없고, 사례들의 다양한 결과까지 읽게 되기 때문에 불안이 가중될 수 있다는 점까지 함께 받아들여야 했다.

출산에 가까워질수록 몸은 적극적으로 출산을 준비한다. 대표적으로 관절이 다 벌어지는데, 나는 유독 손가락 관절 통증이 심했다. 자고 있으면 손이 퉁퉁 붓고 저려서 잠에서 자주 깨고, 아침에 일어나면 발이 부어 있고 혈액순환이 안되어 바로 걸을 수 없었다. 불편과 통증이 매우 디테일하고 촘촘하게 내 생활 전반에 영향을 미쳤다. 임신 출산을 경험한 모두가 이런 증상들을 겪었다는 사실에 나는 매일 놀라지 않을 수 없었다. 화장실을 자주 가야 하는 것도 불편한 증상이지만, 그 정도는 다른 것에 비하면 귀여운 수준이라서 말을 잘 안 하게 된다. 장기가 모두 눌려서 숨쉬기도 어려운 형국에 화장실 좀 자주 가는 것이 뭐 대수란 말인가.

사람마다 임신 증상이 전부 다르다는 것도 직접 겪으면서 크게 다가온 부분이다. 나보다 일 년 후에 임신한 친구에게 어느 날 전화가 왔다. 전치태반으로 고위험 산모가 되었다며 혹시 이런 경우를 알고 있느냐고 물었다. 나는 출산을 한 사람임에도 전치태반이 어떤 상태인지 알지 못했다. 용어도 처음 듣는 것이었다. 임신 중엔 앞일을 예측하기 어려운 증상들이 많다는 것이 놀라웠다. 친구와 내가 겪은 임신 증상 말고도 세상엔 다양하고 위험한 임신 증상들이 더 많을 것이다. 그 모든 것을 하나로 퉁쳐서 '자연스럽게 겪는 일'로 치부할 수는 없는 것 같다. 각각의 증상은 임신을 겪는 각자의 몸과 마음에 고스란히 남는다.

*

임신 기간 중에 내가 가장 좋아했던 것은 주마다 달라지는 아기의 상태를 확인하는 것이었다. 40주 동안 매일 아기에게 어떤 변화가 일어나는지 알려주는 앱이 있었다. 어느 날은 손톱 발톱이 생기고, 어느 날은 투명했던 피부가 차오르고, 어느 날은 빛을 느끼게 되고, 어느 날엔 발차기를 할 수 있게 된다. 매일 달라지는 나의 몸 상태에 비례해서 당장 눈으로 볼 수 없는 아기가 자라는 상황을 알게 되는 일은 참 신기한 일이었다. 생명이란 것은 대체 뭘까. 나는 아주 본질적인 질문들을 하게 되었다. 내가 별로 관심 가지지 않았던 주제들을 경험하고, 질문하게 되었다.

임신 출산에 대해 이렇게 길게 이야기할 계획은 없었다. 그런데 엄마가 되는 일에 관해 이야기하려다 보니, 짧게 요약해서 말할 수 있는 시간이 아닌 것 같다. 모든 일에는 흑과 백이 있을 것인데, 유독 임신 출산 육아에 대해선 어두운 부분에 대해 더 많이 이야기하게 되는 이유가 뭘까. 그건 아마도 예상하지 못했던, 차원이 다른 고통을 경험하기 때문인 것 같다. 아기와 함께하는 일상에서 차원이 다른 행복을 경험하게 되는 것처럼.

*

출산과 동시에 내 삶에서 가장 크게 변한 부분이 잠이다. 출산 이전 내 삶의 팔 할은 잠으로 이루어져 있었다. 평소에 잠이 많기도 했고, 흔히 말하는 올빼

미족의 면모를 분명하게 가지고 있었기 때문이다. 어느 날 친구가 내게 우스갯소리로 말했다. "너에게 전화하면 늘 자고 일어난 지 얼마 되지 않은 목소리로 전화를 받았어. 뭐하냐고 물으면 누워 있다고 대답했고." 정말 그 정도로 나는 누워 있었다. 아침 없이 살고, 정오가 지나서 하루를 시작하는 때가 많았다. 지금 생각해보면 평소에 긴장을 많이 하는 탓에 스스로 긴장을 완화하려는 방책으로 누워 있거나 잠을 많이 잤던 것 같기도 하다. 나는 불면 대신 과수면이 있어서 스트레스가 많아지면 잠이 쏟아졌다. 이상하고 험한 꿈을 잔뜩 꾸고 나면 아주 먼 곳을 오랫동안 여행하고 집으로 돌아온 기분이 들었다. 그래서 깨어있을 때도 피곤했다. 그런 와중에 시를 쓰고 있으면 이상하게도 무언가 채워지는 것만 같았다. 고요하게 내면으로 침잠하는 시간이 나를 유일하게 지탱시키는 것 같았다. 나는 시 쓰기를 좋아했고, 좋아하는 만큼 괴로워했으며, 괴로워한 만큼 한 편 한 편 완성된 시들이 소중했다. 시는 내가 현실에 발을 딛고 존재하고 있음을 유일하게 증명해주는 것만 같았다. 그것이 아주 커다란 나만의 착각이라고 할지라도.

아침에 일어나서 제일 먼저 하는 일은 커피를 마시는 일이다. 이미 커피를 물처럼 마시기 때문에 아무런 각성 효과가 없는 것 같지만, 그거라도 마시지 않으면 정말로 정신을 차릴 수가 없다. 플라시보 효과일까? 나는 정말 커피를 육아 필수품이라고 생각한다. 아기는 점점 취침 시간이 늦어지더니 요즘은 10시는 되어야 잠을 잔다. 육퇴 후, 무언가를 써보려고 해도 아기를 재우다가 나도 모르게 같이 잠이 드는 때가 많다. 잠이 들지 않더라도 무언가에 집중하고 몰입할 수 있는 체력이 되지 않는다. 시어머니께 도움을 요청해서 며칠 와서 도와주시면 그나마 조금씩 일을 할 수 있게 된다. 육아와 글쓰기를 병행하려면 하루가 정말 빠듯하다.

나는 과수면이 가능했던 그 시절로 돌아가고 싶은가? 생각하면 그건 아니다. 다만 나는 매일 궁금할 뿐이다. 수많은 육아 선배 작가들은 어떻게 육아와 글쓰기를 병행할 수 있었을까? 어떻게 지금도 병행하고 있을까? 노하우가 있다면 그 노하우를 전수받고 싶고, 노하우가 없다면 어떻게 노하우 없이 지금의 시간을 겪고 있는지 알고 싶다. 정말 간절하게.

*

가끔 글 쓰는 친구들을 만나서 이야기를 나누게 될 때, 내가 자주 하는 말이 있다. "체력도 없고 에너지도 없어." 이 말을 내뱉으면 나는 모든 말을 한 것 같은 기분이 드는데. 동시에 이 말을 자꾸 하는 내가 싫어진다. 이런 복잡한 마음을 가지고 있는 것 자체가 요즘 내 상태 같다. 아기를 낳고 키우면서 글을 계속 쓴다는 것이 무엇인지 자주 생각한다. 체력적으로, 정신적으로 정말 힘든 일이다. 특히 영유아를 키우는 시기에는 말이다. 며칠 전엔 이렇게 계속 살 수는 없다! 싶은 마음에 필라테스를 알아보기도 했다. 안 그래도 몸에 근육이란 것이 존재하지 않던 몸인데 육아를 하면서 내 몸의 근육은 물이 되었다. 흐물흐물을 넘어서 출렁출렁하는 기분이다.

평소 에너지 없음을 자주 느끼다 보니 육아하는 모든 양육자가 에너지 없음을 겪고 있는 줄 알았다. 그런데 비슷한 또래의 아기를 키우고 있는 친구와 이야기를 나누다가, 에너지가 없다는 건 나만 그렇게 느끼는 것일 수도 있겠다고 생각했다. 친구는 에너지가 없진 않지만, 육아가 쉽지 않다고 했다. 그렇다면 왜 나는 유독 '에너지'가 없다고 느낄까. 요즘 내 삶의 기준이 마치 에너지가 되어 버린 것처럼. 생각해볼 문제 같다. 친구 중에도 에너지가 가득해 보이는 친구에겐 유독 부러움을 느끼고, 시를 읽다가도 이 시는 정말 에너지가 가득하군! 싶은 시를 보면 그렇게 부러울 수가 없다. 나는 영영 도달할 수 없는 상태라는 생각이 들어서 그런 것일까. 원래도 배터리가 작아 산만하기 이를 데 없는 사람이었는데, 아기를 키우다 보니 그마저도 쉽게 방전이 되는 것 같다. 그런데 나는 어떤 에너지가 없다고 생각하는 걸까. 왜 에너지가 없다는 생각을 자꾸 하는 걸까.

더 생각을 해봐야겠지만, 내가 표현하는 에너지는 집중력 혹은 몰입과 비슷한 의미인 것 같다. 예전만큼 글을 쓰지 못하고 있어서 그 이유를 에너지에서 찾으려는 것 아닐까 싶기도 하다. 이전에도 다작을 할 수 있는 스타일이 아니었는데 지금은 더 못 쓰고 있으니까. 그 사실을 인정해 가는 과정 중에 있지만, 여전히 나의 삶이 변한 만큼 글을 쓰는 방식도, 쓸 수 있는 시간도, 쓸 수 있는 에너지도 변화되었다는 것을 인정하기 어렵고. 인정하고 싶지 않아서인 것은 아닐까. 무엇이든 인정하는 것은 정말 어렵다. 그러나 경험을 통해 알고 있듯이 인정해야 다음이 있다.

*

사람으로서의 발달에 도달하려면 태어난 지 36개월은 지나야 한다는 것을 정보로만 알고 있었는데, 커가는 아기를 보니 확실히 알 것 같다. 아직 만 3세가 되지 않았는데도, 요즘 아기는 눈치가 빠르다. 내가 마감 때문에 나오려고 할 때면 벌써 알아차리고 "엄마 하고 있고 싶어." "엄마랑 놀 거야."라고 말한다. 내가 집에서 입는 옷과 밖에 나가려고 갈아입은 옷을 구분할 줄 안다. 외출복을 입고 있으면 벗기는 시늉을 하거나, 내가 메고 있는 가방을 내리면서 연신 "엄마랑 있을 거야."를 외친다. 아직은 "엄마, 가지 마."라고 말하지 못해도 자신의 마음을 표현한다. 나는 아기가 그런 말을 할 때 마음이 복잡해진다. 약해진 마음 때문에 나가서도 집중을 못 하고 금방 다시 집으로 돌아오거나, 한참을 서성이며 예열만 하다가 자리에서 일어선 적도 많다. 아기가 원하는 대로 다 해줄 수 없다는 걸 알려줘야 한다고 하는데. 그게 맞는 것인지 아직도 확신이 없다. 어느 날엔 이게 삶이고, 어쩔 수 없는 것이 당연하다고 생각하면서도 어느 날엔 '36개월 미만의 아기에겐 주 양육자와 함께 있는 시간이 절대적으로 중요하다.'와 같은 말들이 크게 다가온다. 크고 무거운 망치로 누군가 내 가슴을 쿵쿵 치는 것만 같다. 그래서 밖에 나와 글을 쓰다가도 한참을 넋을 놓게 되기도 하고, 이런 생각을 하게 된다. 내가 무엇 때문에 우는 아기를 집에 두고 여기 나와서 이러고 앉아 있는 거지?

아기를 낳고 한동안 시를 쓰기 어려웠다. 시간이나 체력도 부족하고, 모드 전환이 잘되지 않는 면도 이유가 될 수 있지만, 그보다 더 큰 이유는 왜 써야 하는지, '그럼에도 불구하고' 써야 하는 당위를 스스로 찾기 어려웠기 때문이다. 처음엔 5분 동안 가만히 책을 읽는 것조차 어려웠다. 마음이 콩밭에 가 있다는 표현이 적절할 것이다. 긴급하고 절대적으로 나를 필요로 하는 존재를 뒤로하고, 시에 집중한다는 것이 말이 안 되는 것 같았다. 한동안은 시를 다 쓰고 나서도 즐겁지 않았다. 그리고 즐겁지 않은 이유를 모르는 상태로, 썼다. 그러니 쓰면서도 몰입이 되지 않아 고통스러웠고 시를 다 쓰고 나서도 만족감을 느끼기 어려웠다.

시를 배우는 학생들에게 수업할 때마다 나는 자주 말했다. 나는 왜 시를 쓰려고 하지? 시가 뭐지? 이 질문을 놓치지 말아야 한다고. 언제나 새로운 백지를 마주하게 될 때마다 그 시작엔 이 질문을 해야 한다고. 쓸 때마다 답을 찾을 수는 없지만, 질문을 쥐고 있는 것 자체가 답을 찾아가는 과정이라고. 시 쓰기에 있어서 이것보다 중요한 것은 없는 것 같다고.

이건 시를 쓰는 입장에서의 나의 믿음 같은 것이다. 질문에 대해 대답은 매번 달라질 수 있지만, 이 질문을 놓치지 않고 끝까지 쥐고 가는 태도 자체가 중요하다고 믿는다. 그런데 나는 한동안 그 질문을 떠올리면 머릿속이 백지가 되었다. 지금 내가 생각하는 시에 대해선 이야기할 수 있겠지만, 내가 왜 시를 쓰려고 하는지 모르겠는 마음. 이런 마음의 곤란을 겪고 있을 때 친구에게 하소연한 적이 있다. 시를 써서 뭐 하나, 그런 생각이 자꾸 든다고. 친구는 아주 군더더기 없는 말투로 말했다. "그럼 안 써서 뭐 해?" 그러면서 최승자 시인의 산문에서 이런 말을 읽은 적

있다고 알려주었다. 질문을 뒤집은 것뿐인데도 나는 그 말을 듣고 정신이 번쩍 드는 것 같았다.

사실은 시를 쓰는 시간이 내겐 너무 필요하고 중요하다는 걸 알고 있었다는 걸, 좋은 시를 쓰고 싶은 마음이 내 안에 가득하다는 걸, 할 수만 있다면 계속 쓰고 싶다는 걸, 그런데 지금으로서는 가능하지 않다는 생각이 자꾸 들어서 스스로 방어하고 있었다는 걸, 시를 써서 뭐 하냐고 엉뚱하게 묻고 있었다는 걸, 알게 되었다.

*

가끔 아기를 찍은 사진을 보여주면 아기가 묻는다. "엄마는 어디 있어?" 한 프레임 안에 내가 보이지 않으니까, 아기는 내가 없다는 생각이 드나 보다. "엄마는 네 사진을 찍고 있었지." 하고 말해줘도 아기는 계속 엄마는 어디 있냐고 묻는다. 보이지 않아도 나는 아기 옆에 있다. 아기를 보고 있다. 지금은 그 자리가 나의 자리이고, 내 삶이라는 것. 아기가 태어나고 그것을 받아들이기까지 시간이 걸렸다. 삶을 이전으로 되돌리고 싶다는 생각은 별로 들지 않는다. 그저 지금 처한 상황들을 어떻게 헤쳐 나갈 것인지를 골몰하게 된다. 그 생각만으로도 시간이 부족하고 할 일이 너무 많다. 난생처음 겪는 일을 '잘' 해내야 한다는 압박이 지금도 매일 나를 짓누른다. 잘 해낸다는 것이 무엇인지도 정확히 모르면서 말이다. 아직 자신의 삶을 스스로 컨트롤할 수 없는 존재의 삶을 내가 망쳐버릴 수도 있다는 공포가 늘 있다. 그게 아주 대단한 나의 착각이라는 것을 알지만, 지금 내가 하는 사소한 행동이 나중에 이 작은 사람의 인생에 너무나 크게 작용하는 것은 아닌지. 내가 모르고 한 행동이 아기에게 해로운 행동은 아닌지. 이 공포가 매 순간 처음 겪는 일들 속에서 늘 함께 있다. 최근 쓴 시들엔 '무섭다'는 말이 자주 등장한다. 무서움에도 여러 종류가 있고, 상황마다 맥락이 다르겠지만 내가 무서움에 대해 언어로도 크게 느끼게 된 데에는 육아의 영향이 큰 것 같다. 낯설어서 무섭고, 돌이킬 수 없어서 무섭고, 아기에게 끼치는 나의 영향력이 너무나 크기 때문에 무섭다. 물론 무서움도 기쁨이나 환희, 뿌듯함, 보람과 같이 아기를 키우면서 겪는 수많은 감정 중 하나일 뿐이지만 말이다.

육아 관련 정보나 광고들은 늘 외친다. "지금이 골든타임입니다!" "태어나서 첫돌까지 모든 게 결정된다!" "3세까지가 아기의 인생을 결정짓는 가장 중요한 시기다!" "4~7살까지 다시는 되돌릴 수 없는 시간이다!" 지금이 너무도 중요한 시기라는 메시지를 계속 듣는다. 그러면 조급한 마음이 들고, 하루도 허투루 보내서는 안 될 것만 같고, 내가 무언가 더 해줘야 하는 게 아닐까 하는 생각에 빠지곤 한다. 그런데 양육의 시기의 중요성에 대해 외치는 말들을 모두 모아 보면, 매 순간 골든타임이라고 외치고 있다. 골든타임이 아닌 시기도 있는 걸까? 한 사람의 생애에 있어서 중요하지 않은 시기가 있을까? 나는 시인으로 데뷔하고 나서도 때마다 지금이 시인으로서 가장 중요한 시기라는 이야기를 들었다. 데뷔를 막 했을 때나, 첫 시집을 준비할 때나, 첫 시집을 내고 난 후에나, 데뷔한 지 10년이 된 지금도. 사실 한 번뿐인 인생이고, 한 번 지나가면 돌이킬 수 없다는 것은 막 태어난 아기에게나, 인생을 한참 살아낸 노인에게나 모두 동일하다. 아기를 낳고 키우고 있는 지금 나의 시기는 어떤가. 지금 나도 매 순간이 중요하다. 그러나 매 순간이 돌이킬 수 없는 시기는 아니다. '돌이킬 수 없다'는 말은 자꾸만 '완벽해야 한다'는 메시지를 준다. 그 메시지 속에 함몰되다 보면 늘 부족하다고 생각하게 되고, 시간과 돈에 허덕이게 되고, 여유가 없게 된다. 불안을 조장하는 말을 떠나 새로운 언어로 이 시기를 이야기해야 한다는 생각을 이제야 하게 된다. 무언가 넘치게 해주려고 하다 보니 과잉되고, 그것이 오히려 관계를 건강하지 못하게 만들지도 모른다. 모자란 듯, 할 수 있는 만큼. 모순될 수 있는 말이지만, 이제는 이 말처럼 살아보려고 한다.

*

가끔 답답한 마음이 들 때, 이 끝 모를 어려움이 언제까지 지속될지 알 수 없을 때, 인스타에 글을 올린 적이 몇 번 있다. 어찌할 수 없는 시간에 대한 침잠 같은 것이었는데. 그때마다 다정한 응원을 보내주는 분들이 있었다. 지금은 힘들겠지만, 아기가 조금 더 크면 개인적인 시간도 생기고, 글을 쓸 수 있는 시간이 생기니 너무 염려하지 말라는 말이었다. 나보다 먼저 아기를 낳은 친구들이 내게 해주는 말도 있었다. 생후 6개월까지가 힘들고 이후는 조금씩 편해진다는 말, 그리고 돌이 지나면, 두 돌이 지나면, 5살이 되면, 7살이 되면 지금보다 훨씬 수월해지고 시간도 생긴다는 말. 그럼 대체 육아는 언제 끝나는 거야? 농담처럼 말했지만, 나는 아기가 자라면서 점점 더 편해지고 수월해진다는 그 말을 동아줄 삼아 어떤 시간을 견뎠다. 정말 거짓말처럼 6개월이 지나고, 일 년이 지나고, 이 년이 지날 때마다 편해졌다. 아기가 자라는 만큼 스스로 할 줄 아는 것들이 늘어나니 신체적으로 힘이 덜 들었다. 그러나 이상하게도 분명 수월해지고 편해졌는데도, 어려움은 계속되고 종류가 다른 고민이 생기고, 겪어나가야 할 상황이 생겼다. 새로운 상황에 직면하는 것은 아기만이 아니다. 나는 그걸 계속 느낀다. 아기와 함께 내가 자라고 있다는 것을. 자라야 한다는 것을.

어느 날 집으로 놀러 온 친구가 아기와 내가 함께 있는 것을 한참 보더니 이런 말을 했다. "네가 이렇게 아기 키우는 걸 잘 해낼 줄 몰랐어." 그래서 나는 대답했다. "나도 몰랐어. 그런데 정말 생각보다 잘 해내고 있지?" 잘 해낸다는 것이 뭘까. 정확히는 모르겠지만, 매일 매시간 고군분투하는 나의 모습이 친구의 눈엔 육아를 수월하게 잘 해내는 것으로 보였을지도 모르겠다. 나를 알던 사람들은 아무도 내가 육아를 해낼 수 있는 사람이라는 생각을 하지 않은 것 같다. 그건 나도 마찬가지였는데, 상황에 닥쳐보지 않으면 알 수 없는 일이 아기를 키우는 일인 것 같다. 앞으로도 잘 해내게 될까? 잘 모르겠다. 그렇지만 잘 해내지 않더라도 매 순간을 겪으며 살아야지, 다짐해 본다. 지금은 그것만으로도 충분한 것 같다.

"나는 그걸 계속 느낀다.

아기와 함께 내가 자라고 있다는 것을.

자라야 한다는 것을."

글쓰는 엄마

─

김이설

김이설

2005년에 정희원의 엄마가 되고, 2008년에는 정효명의 엄마도 되었다.

며칠 전 고2 큰아이가 사진 한 장을 보여줬다. 이웃 고등학교의 문학 선생님이 마련한 권장 소설 목록표였다. 거기에 《현남 오빠에게》에 수록된 내가 쓴 소설, 〈경년〉이 있었다. 그 학교에 다니는 친구가 인증 샷을 보내왔다는 것이다. "너희 엄마 소설도 있어!"라는 친구 아이의 말풍선이 사진 아래로 이어진다. 내 이름을 기억해준 친구 아이가 새삼 기특하고 고맙다고 생각하는데, 큰아이의 한마디가 가슴에 박힌다.

"엄마 이름이 김연수, 김영하, 김애란 작가들이랑 같은 줄에 있네? 우와."

그거야 작가 이름이 가나다순이었으니까 '김이설'인 내 이름이 그 줄에 끼었을 것이 당연하다. 그런데 우와, 는 뭐냐. 아이가 놀란 포인트는 그렇게 유명한 작가들 사이에 엄마 이름도 있다니, 대단한데? 뜻

밖인데? 제법인데? 뭐 그런 뉘앙스였다. 물론 웃자고
한 얘기겠지. 그렇겠지?

아이가 가끔 제 엄마가 소설가라는 걸 인식할 때는
책장에서 꺼내 든 유명 작가의 책에 내 이름이 적힌
작가 서명을 발견할 때다.

"이 작가가 엄마한테 책을 보냈네? 이 작가가 엄마
도 알아?"

대략 그런 의미. 엄마를 아느냐가 아니라, 엄마도
아느냐고 되묻는 말은 유명한 작가가 우리 엄마를 알
고 있다니! 라는 감탄이랄까. 근데 그게 놀랄 일인
가? 야, 엄마가 이래 봬도 소설 쓴 지 20년이 다 되어
간다고! 하고 말하려다 만다. 그래봤자 아이에게 나
는 소설 쓰는 '김이설'이 아니라 '김이설'이라는 이름
으로 소설을 쓰는, 엄마 '김지연'이니까.

*

아이 친구 엄마들에게 제일 많이 들었던 말은 '엄

마가 소설가니까 아이들 국어 공부는 걱정이 없겠어요.'라는 말이었다. (글짓기상을 많이 받겠어요, 라는 말이 아니어서 다행이라고 생각한다.) 그럴 때마다 나는 국어는 모르겠는데 문학은 도움이 아주 안 된 건 아닌 것 같아요, 라고 말하곤 한다. 내가 소설 쓰는 사람이라고 해서 아이들의 문학 공부에 도움이 많이 되었다고 말할 만큼은 아니지만, 그렇다고 도움이 영 안 된 것도 아닌 것 같으니, 도움이 아주 안 된 건 아닌 게 맞다. 그거야 당연하다. 다른 집 아이들이 수학과 영어 선행을 할 때 우리 집 아이들은 문학 선행을 한 탓이다.

거짓말 조금 보태 우리 집 아이들은 엄마 책장에 꽂혀 있는 문학과지성사 시선집 제목과 민음사 세계문학전집 제목을 읽으면서 한글을 뗐다. 초등학교 고학년부터 기형도, 최승자, 허수경, 오정희, 한강, 조남주의 이름 정도는 익히 알았고, 내가 옛날이야기처럼 이야기해줘서 〈광장〉, 〈난장이가 쏘아올린 작은 공〉이나 〈밤길〉의 줄거리 정도는 말 할 수 있었다. 중학생이 되어서는 구병모, 정세랑, 김초엽의 소설을 읽기 시작했고, 문학동네 시인선을 꺼내 들었던 것도 그 무렵이었다.

뿐인가. 어릴 때부터 출판사, 편집자, 마감, 퇴고, 초판, 띠지와 펑크 같은 단어에도 익숙했다. 맞춤법과 띄어쓰기는 반드시 지켜야 하며 적어도 한 문단 안에 같은 단어는 쓰지 않아야 한다는 것 정도는 어깨 너머로 익혔다.

그렇게 자란 아이들에게 나는 김명순이나 나혜석의 일대기를 두런두런 얘기해주기도 하고, 근대 여성 문학사를 훑어주기도 했다. 때론 교과서에 수록된 작가들을 직접 만났던 일화들을 풀어놓기도 하고, 술자리에서 만난 독특한 작가들 이야기며, 친한 작가들 이야기도 해주고, 때때로 추문을 일으킨 작가들 흉도 보고, 하다 보니 문단 내 성폭행 이야기도 하고, 용기 있게 고발한 작가들이 왜 소중한지 설명도 하고…… 아무튼, 다른 집에서 흔히 볼 수 있는 풍경은 아니었다.

문학 선행이라면 나도 받았다. 친정엄마에게 받았다면 모녀 삼대 이야기가 되어 근사할 것 같지만, 아버지에게 받았다. 아버지는 늘 책을 손에 쥐고 계신 분이었다. 읽지 않으면 무언가 쓰는 사람이었다. 아버지 직업이 그쪽이었냐 하면 그건 또 아니다. 아버지는 섬과 섬 사이에 다리를 만들고, 지하철 노선을 위해 터널을 뚫고, 댐을 세우고, 하수처리장을 짓는, 토목 회사의 회사원이었다. 그런데 집에서는 늘 책을 들고 있었다. 책이 없으면 신문, 시사 잡지, 하다못해 딸아이의 교과서라도 읽었다. 읽지 않을 때는 썼는데, 그게 일기일 때도 있고, 일지일 때도 있었으며, 낙서나 편지일 때도 있었다. 나는 그런 아버지가 얼마간은 활자중독이었다고 본다. 그리고 문학적 기질이라는 것이 있다면 나는 분명히 아버지로부터 받았을 것이라 믿는다.

나의 문장 연습은 아버지와 나눈 편지에서부터 시작된다. 아버지는 지방에서 근무하는 일이 많았던 터라 집으로 편지를 보내곤 했는데 엄마는 가족 대표로 내게 답장을 쓰게 했다. 그렇게 나는 아버지와 편지를 주고받게 된다. 당연히 유선 전화가 있던 시절이다. 편지는 아버지의 낭만성의 발로. 혹은 떨어져 지내는 딸아이에게 당신의 절절한 사랑을 표현하는 방법으로 선택한 장르였을 것이다. 말보다 글이 더 진실하니까.

편지를 주고받는 필담은 초등학생 때부터 대학생이 되어서까지, 그리고 내가 소설가가 된 이후에도 이어진다. 딸의 책이 나올 때마다 아버지는 꼼꼼하게 읽고 감상을 적은 편지를 내게 보내신다. 그 어떤 평론가보다 더 무서운 독자가 바로 아버지다. 물론 가장 열렬한 독자이기도 하고.

나는 글쓰기에 관해서는 타고난 재능이 있다고 믿지 않는 편이다. 물론 타고난 사람도 있을 수 있다. 뭐든 수월하게 쓰고, 배우지 않았는데도 뚝딱 잘 써내는 사람도 있다. 하지만 대체로-일반적으로, 많은 사람들의 글솜씨란 무던한 연습에서 길러진다고 믿는다. 내가 아버지와 어릴 적부터 필담을 나누면서 문장력을 키운 것처럼 말이다.

　또 한 가지. 다른 집과 다른 점이 있다면 아버지는 이야기꾼이었다는 사실이다. 아버지는 어릴 적부터 딸을 앞에 앉혀두고 두런두런 재미있는 이야기 해주기를 좋아하셨다. 어린 나는 그것이 아버지가 지어낸 이야기인 줄 알았는데, 나중에 알고 보니 근현대 소설들의 줄거리였다. 김동인의 〈감자〉, 현진건의 〈운수 좋은 날〉, 이효석의 〈메밀꽃 필 무렵〉, 염상섭의 〈표본실의 청개구리〉, 하근찬의 〈수난이대〉 같은 소설들을 아버지는 어린 딸아이의 눈높이에 맞춰, 각색해 들려주셨던 것이다. 그 덕에 나는 중고등학교 시절의 국어와 문학 교과서에 실린 작품들을 낯설어하지 않았다. (고려가요나 가사문학도 그렇게 접했다.) 내가 우리 집 아이들에게 문학사의 중요한 작품들을 옛날 이야기처럼 들려줄 수 있었던 건 다 아버지로부터 배운 방법이었다.

　아, 그래서 나의 문학 성적은 좋았는가? 나쁘지 않

았다. 93년, 95년 세 번 봤던 수능에서 언어영역은 두 번 만점을 받았다. (93년 첫 수능은 한 해에 두 번 봤다.) 그럼 우리 집 아이들의 국어와 문학 점수는? 나쁘지 않다. 정말 나의 선행 탓일까? 그렇다. 정말 내가 문학적 분위기를 만들어 주어서? 그건 아니다. 사실, 두 아이 모두 어릴 적부터 국어 독해 문제집을 꾸준히 풀렸다. 비법이라면 그게 비법이다.

*

'엄마-작가로 사는 일에 대하여.' 이 이야기라면 누구 못지않게 할 말이 많다고 생각했다. 글 쓰는 엄마에 관해서라면 나만 한 작가도 없다고 생각했다. 갓난쟁이를 키우면서 글을 썼다. 세 살 터울의 두 아이를 키우면서 소설을 써온 지 곧 20년이 된다. 작가의 말에는 아이들 이름을 적어왔고, 종종 의뢰받은 에세이는 대부분 아이들과의 일상을 다뤘다. 무엇보다도 책을 낼 때마다 했던 인터뷰에서 나는 두 아이의 엄마라는 사실과 엄마로서 글 쓰는 일의 고단함에 대해 끊임없이 토로했다.

그런데 막상 이 주제로 글을 쓰려고 하니 별로 떠오르는 게 없다. 끊임없이 쏟아져 나올 줄 알았던 글 쓰는 엄마로 살기라는 제목이 부질없다는 생각도 든다. 세상 어느 엄마가 아이 키우기가 수월하겠는가. 그림을 그리는 엄마로 사는 일도, 음악을 하는 엄마로 사는 일도, 글을 쓰며 아이를 키우는 엄마로 살아가는 고단함과 다를 바가 뭐 있겠는가 싶은 것이다. 아니, 무슨 일을 하는 엄마든, 무슨 일을 하지 않는 엄마든, 그저 엄마로 사는 일 자체가 그냥 고단한 것이다. 거기에 무슨 이유가 필요한가.

물론 나도 고생은 했다. 첫아이를 낳은 지 보름 만에 신춘문예 당선 소식을 듣고, 회음부가 아물지도 못한 상태여서 앉지 못하고 선 채로 당선 소감을 썼다. 그것이 글 쓰는 엄마로 살아가는 게 만만한 일이 아니라는 예고였다는 걸 그 당시에 깨달았을 리 없다. 깨달을 즈음에 둘째를 가졌다. 첫 단행본이 될 경장편을 쓰던 중이었다. 원고를 털고 아이를 낳으려고 했는데 어디 글이 마음대로 써지는 건가. 결국 완성하지 못한 채 아이를 낳았고, 아이를 낳은 지 사흘만에 노트북 앞에 앉아 미완성인 원고를 써나가기 시작한다. 동생을 질투하는 네 살 첫째 아이와 이제 한 달도 채 안 된 핏덩이 둘째 아이를 데리고 쓴 소설이 《나쁜 피》다. 내 첫 번째 책이 된다.

지금 와서 왜 그렇게 힘이 들었나 생각해보면, 모유 수유를 했기 때문이었다. 처음부터 모유를 먹인 아이들이어서 우유병을 물지 못했다. 그러니까 직유를 했기 때문이었다. 당연히 외출과 거동이 쉽지 않았다. 글을 쓸 만하면 젖 물릴 시간이었고, 다시 쓸 만하면 젖을 물려 재울 시간이 되어 있었다.

그런 일도 있었다. 운이 좋아 등단작을 영화로 만들고 싶다는 제의를 받았다. 계약을 하러 영화사에 방문했다. 젖을 먹일 때였으므로 아이를 대동했다. 계약서를 쓰러 갔다지만 가자마자 계약서에 사인만 하고 일어서는 게 아니지 않은가. 계약서를 앞에 두고 관계자와 차를 마시며 담소를 나누는데, 그렇지, 아이는 엄마를 기다려주지 않지. 배가 고파 울어대기 시작했고, 계약서 사인 직전에 나는 영화사 사장실에서 모유 수유를 해야 했다. 영화사에 수유실이 있을 리 없었고, 밀폐되고 편하게 앉아 수유할 수 있는 공간이 거기밖에 없던 탓이었다. 아무튼 강남의 한 영화사 사장실에서 모유 수유를 경험한 소설가는 나밖에 없지 않을까.

손자를 업고 유리창에 원고를 붙여 소설을 썼다는 박경리 선생님의 일화는 너무 유명하다. 나 역시 한 팔로 아이를 안고, 남은 한쪽 손으로 노트북 자판을 치는 일 정도는 우습게 해냈다. 비단 나 혼자만 겪은 일은 아닐 것이다. 그런 일 따위는 모든 엄마들이 겪었을, 그저 보편적인 이야기일 뿐이다.

이렇게 말하다 보니, 사실 이건 얼마나 엄청난 자랑인가 싶다. 나는 운이 좋아 소설가가 되었고, 운이 좋아 아이를 키우면서도 소설을 쓸 수 있는 형편이 되었다. 운이 좋아 아이들이 순탄하게 자랐고, 운이

좋아 계속 소설을 쓸 수 있었고, 운이 좋아 아이들은
별 탈 없이 커 주었다.

글 쓰는 엄마의 고단함을 말하기에 나의 고단함이
너무 미약한 것 같아 무안해진다. 이런 글을 보여도
되는 걸까.

고생담에 대해서 쓰라고 하면 50장이 뭐야 500장
도 쓸 수 있을 것 같았다. 그런데 청탁서를 받아들고
한참이 지나서도 나는 어떤 걸 써야 할지 감을 못 잡
았다. 인간은 망각의 동물인 탓이다. 힘들었던 시절
은 아예 통째로 사라져버렸다. 기억이 없다. 그러니
까 큰아이를 낳고 첫돌까지의 시간(등단 직후 1년의 기
억이 깡그리 없다.), 작은아이를 낳고 역시나 첫돌까지
의 기억도 없다. 최근에야 싸이월드가 다시 열리는
바람에 옛 사진을 통해 간신히 기억을 되찾은 장면이
있다만, 그것 외에는 거의 없다. 너무 힘들어서 그 시
절을 잊어버린 모양이다. 기억해 내서 괴로워하지 말

라고 나의 무의식이 지워버린 모양이다. 그러니, 다 지나고 보니, 그저 다 거저 된 것 같다. 그러나 거저 되는 일이 세상에 어디 있을까.

지난 해였던가. 인스타그램에 아직 어린아이를 키우는 시 쓰는 엄마의 힘겹다는 혼잣말을 본 적이 있었다. 나는 그 글을 그냥 지나치지 못했다. 시인 엄마의 그 마음이 무엇인지 너무 잘 알아서, 얼마나 힘든지 감히 알아서, 하지만 시간은 흐르고, 그 시간만 버티면 조금은 숨을 쉴 수 있는 시기가 온다는 것도 알아서, 조금 더 힘내라는 메모를 남겼는데, 남기고 나서 한동안 후회했다. 혹시라도 나이 든 선배 작가가 그 시절은 다 그래, 지나고 보니까 살만하더라, 그러니 좀 더 버텨봐, 같은 배부른 소리를 해댄 것처럼 보이진 않았을까 하는 생각이 그제야 들었기 때문이었다.

아기를 키울 때는 아기에 해당되는 고민과 고단함이, 초등학생을 키울 때는 초등학생에 맞는 고민과 고단함이 있다. 중고등학생을 키우는 나라고 해서 자식 키우는 고단함이 없는 건 아니다. 똥오줌 기저귀를 갈아주고, 씻기고, 먹여주고, 재워줘야 하는 고단함이 아닐 뿐, 다른 종류의 걱정과 다른 종류의 고민에 자주 마주친다. 다른 종류의 고단함이다. 아이가 더 큰 학교에 가고, 더 넓은 세상으로 가도 그 고단함은 계속되지 않을까. 한번 자식은 영원한 자식이고, 부모 마음에 걱정이 안 되는 자식이 어디 있겠냐는 말이다. 내 부모가 아직도 나를 염려하고 걱정하는 것처럼 말이다. 고단함의 종류만 바뀔 뿐 고단함은 사라지지 않는다. 부모가 되는 일이란 그런 일이라는 생각이 든다. 그게 끔찍한 일인지, 행복한 일인지 나는 아직 잘 모르겠지만.

*

기자들에게 이런 질문을 받은 적이 많았다. 나중에 아이가 커서 엄마 소설을 읽으면 뭐라 할까요? 아이들에게 읽히겠냐는 질문을 받은 적도 있고. 그때마다 나는 그렇게 대답했다.

"아이가 똑똑한 청소년으로 자라면 고등학생 때도 읽을 수 있을 것 같아요. 읽겠다고 한다면요. 스무 살 이후에는 말릴 이유가 없죠. 억지로 읽으라고 할 수도 없겠지만요."

똑똑한지는 모르겠지만 고등학생이 된 큰아이는 내 소설을 읽기는 한다. 다만, 나름의 취향이 있어 나의 초기 작품들이 아닌, 좀 순한 맛이 된 근작들에 한해서다. 중학생인 작은아이는 아직 관심이 없는 것 같고.

그런데 내가 쓴 청소년 대상 소설을 안 읽는 건 좀 의외였다. 엄마가 쓴 청소년 소설은 너무 낯간지럽다는 것이다. 어색하고 이상하다는 것이다. 뭐랄까, 억지 친절을 보이는 어른의 어색한 표정과 간지러운 목소리 같다고 했던가. 하긴 나도 청소년 소설 쓰는 일이 세상에서 제일 힘든 일이기는 했다. 그래도 그 청탁에 응했던 건 내 아이들에게도 내 소설을 읽히게 하고 싶은 욕심이었던 것 같은데, 세상일이 그렇지.

우리 집 애들만 안 읽고 애들 친구들만 다 읽은 소설이 되었다.

또 자주 들었던 질문은 '엄마 소설을 읽었다고 하면 뭐라고 하겠느냐?' 라는 것. 나의 대답은 극명하고 명확하다. 엄마가 쓸 수밖에 없는 소설이었어. 그 시절에는 그런 것이 문제였거든. 그때는 그런 세상이었고, 엄마는 그게 가장 걱정되는 문제였어.

나 아니면 쓸 사람이 없었어! 하는 소설을 쓰지 못한 건 좀 창피하지만 그래도 아이들에게 부끄러운 소설은 안 쓰겠다고 다짐한 바가 있어, 그건 절대 지키려고 애쓴다.

혹 그 기자의 질문이 내 소설이 거칠고 투박하고, 때론 너무 적나라해서 보이기 민망하지 않겠냐는 질문이었다면 나는 그건 상관없다고 대답하고 싶다. 역시나 그렇게밖에는 쓸 수 없는 소설이었거든, 이라는 답변을 할 수밖에 없는 노릇이니까.

그런데 우리 집 아이들은 정말 엄마가 쓴 소설이 안 궁금한가? 나는 아이들이 쓴 글은 다 궁금한데.

일기든, 편지든, 쪽지나 친구들과 주고받는 문자, 디엠이나 톡이든 뭐든.

*

자신의 직업을 자식도 이어 하길 바라는 부모들은 어떤 마음일까. 의사, 변호사, 검사, 판사, 교수나 다른 예술가들은 안 그런 거 같은데 유독 문학하는 사람들만큼은 내 아이가 내 직업을 이어받지 않길 바랄 것이다. 혹여라도 관련된 직종이라도 갖게 될까 봐 무섭다. 그건 내가 소설가라는 직업에, 글 쓰는 일에 자긍심이 없어서가 아니다. 나는 분명 좋아서 한다만, 나는 좋으니까 하는 일이다만, 이건 누구에게 하라고 권할 만한 일은 못 된다는 걸 잘 알아서다. 글쓰기가 대체 어떻기에? 답은 간단하다.

벌이는 부족하고 몸은 쉽게 축나며 정신은 한없이 피폐해지는, 아이라도 낳게 되면 자신을 갈아 넣어야만 간신히 유지되는 직업이니까. 정답도 없고 끝도 없는 길을 묵묵히 수행하듯이 걸어 나가야 하는 일이니까. 그걸 비록 나는 한다만, 차마 남에게는 권할 수는 없다. 하물며 자식에게 어찌 권하겠는가.

이렇게 말하면 꼭 이렇게 다시 묻는다.

"그래도 글을 쓰겠다고 한다면요?"

"도시락 싸 들고 다니면서 말려야죠."

"그래도 하겠다면요?"

"그래도 하겠대요?"

"네."

"그럼 하라고 해야죠, 자식 이기는 부모 없다잖아요."

그러나 우리집 아이들은 둘 다 이과다. 애가 둘인데 둘 다 이과다. 확률적으로 말이 안 되는데, 여하튼 둘 다 이과다. 만세!

*

이 글을 청탁받고 아이들에게 엄마가 소설가여서

좋았던 점과 싫었던 점이 있었는지 물었다. 아이들은 아주 쉽게 대답을 했는데, 일단 좋은 점은 없고, 싫은 점은

① 자기 방 책장에 엄마 책이 꽂히는 것(제발 꺼내 가라!)

② 어릴 때 일기, 독서 감상문 억지로 쓰게 한 것

③ 용돈 올려 받고 싶을 때마다 사유서 쓰게 한 것

이었다. 다행히 식탁이 초라하다든지, 마감 때 엄마가 예민해진다 같은 게 없어서 다행이었다. 그런 건 싫지 않았느냐 하니, 이제는 너무 익숙해진 일이어서 싫고 나쁘고의 감정 자체가 없단다. 그래 고맙다. 바꿔 생각해본다. 내가 생각하기에 내가 소설가 엄마여서 좋은 점은 무엇일까.

① 책을 마음껏 사 준다

② 책은 거침없이 사 준다

글쓰는
엄마

111

③ 책이라면 아무 때나 사 준다

④ 책이니까 …

그럼 나에게 묻는다. 내가 소설가 엄마였기 때문에
싫었던 적은 있나? 싫었다기보다 미안했던 적은 많
다. 마감을 앞두고, 아토피 있는 아이들에게 인스턴
트 음식을 먹였을 때. 쌀 씻어 안치고, 콩나물국 끓이
고, 시금치 무치고, 감자 볶고, 두부 부쳐 내는 상차
림이, 그런 단출한 밥상 차리는 데 무슨 품이 얼마나
든다고, 시간을 얼마나 잡아먹는다고. 마감 때면 주
저 없이 햄이나 캔 참치, 비엔나소시지, 베이컨 같은
걸 돌려가며 먹이곤 했다. 그러니까 글을 쓴다는 핑
계로 음식도, 빨래도, 정리정돈과 청소, 그러니까 아
이들에게 살가운 마음 쓰는 일까지 게을리한 것. 그
러니까 노력하면 충분히 해낼 수 있는 것들조차 노력
하지 않은 것. 엄마는 소설 쓰느라 바쁘다고, 마감에
시달리느라 틈이 없다며 일방적으로 아이들에게 이
해를 요구했던 모든 것들이, 사실은 나의 나태였다는

것. 그 사실을 숨기며 살아왔다는 것. 엄마는 거짓말쟁이라는 것.

*

아이들은 엄마가 거짓말쟁이라는 걸 알고 나면 실망하겠지? 아니, 아이들은 엄마가 거짓말쟁이라는 걸 이미 다 알고 있을 가능성이 크다. 아이들은 언제나 나보다 똑똑하니까. 안심이 된다.

*

윤이형 소설 〈붕대 감기〉에는 이런 구절이 나온다. "너는 네가 되렴."

그 문장을 처음 읽었을 때의 충격이 아직도 선명하다. 나는 단 한 번도 생각해보지 못했던 바람. 나는 단 한 번도 가져보지 못했던 희망. 그러나 완벽한 엄마의 모습. 나도 진작 그런 엄마였으면 얼마나 좋았을까. 그러니 이제라도 따라 해 본다.

큰아이 희원아. "너는 네가 되렴." 작은아이 효명아. "너도 네가 되렴." 나도 나에게 이렇게 말하고 싶어진다. 김이설은 '김이설'이 되고, 김지연은 '김지연'이 되렴.

나를 김이설로 아는 사람들에게 나는 두 딸아이를 키우며 소설을 쓰는 사람이겠지만, 내 아이들에게 나는 소설을 쓰는 직업을 둔 엄마 김지연일 뿐이다. 그둘은 엄연히 다르지만 또 한편으로는 다분히 같다. 그래서 나는 둘 다 잘해 낼 수 있고, 때때로 한쪽만 잘해 낼 수도 있으며, 둘 다 못 해낼 수도 있다. 그런 불완전한 내가 진짜 나라고 의연히 받아들이는 일. 그것이 당신이 아는 소설 쓰는 '김이설'이자, 김이설로도 불리는, 희원이와 효명이의 엄마, '김지연'인 것이다.

"큰아이 희원아. 너는 네가 되렴.

작은아이 효명아. 너도 네가 되렴.

나도 나에게 이렇게 말하고 싶어진다.

김이설은 '김이설'이 되고,

김지연은 '김지연'이 되렴."

숨구멍

—

이근화

이근화

2009년 엄마가 되었다. 지민, 하민, 준우, 유민과 함께 지내고 있다. 잘 먹고 잘 자고 잘 놀기 위해 애쓴다. 아이들은 무작정 사랑을 주고, 나는 사랑 받는 엄마다. 아이들의 독립을 기꺼운 마음으로 지켜보는 씩씩한 엄마가 되고 싶다.

나란 엄마

아침에 일어났는데 두통과 어깨 결림이 있었다. 책상 앞에 앉아 있는 시간이 길어서 자주 그렇다. 아침 식사 전에 커피를 먼저 마시고 일단 정신을 좀 차려야 했다. 아이들을 학교에 먼저 보내고 나야 뭐라도 할 수 있으니 서둘러 식사 준비를 한다. 남편이 아침을 준비할 때가 많고 그럴 때는 된장국이나 생선조림, 감자볶음 요리 같은 것을 하지만, 아침잠이 많은 나로서는 불을 쓰지 않는 식사 준비가 좋다. 낫또나 구운 김, 당근이나 오이, 오트밀이나 사과 같은 뭐 그런 것들을 간소하게 먹는 걸 더 선호한다. 그런데 아침부터 어수선하다. 큰아이는 꾸물거리며 늦잠을 자고,

둘째 아이는 발바닥이 가렵다고 벅벅 긁어대고, 막내 쌍둥이들은 그들 나름의 요청 사항이 많다. 큰아이를 깨우기 위해 온갖 협박의 언어를 쏟아내면서 둘째 아이의 붉어진 발바닥에 아무 연고나 일단 발라 두고, 막내들의 요청(자신을 놀리는 아이들을 혼내주라는)에 대충 약속을 한다. 정신이 없다기보다는 성의가 없는 이런 날들은 지난 수년간 반복되었다. 물 네 병을 담아 아이들 가방에 각각 넣어 일단 학교에 보낸다. 이제 학교는 가니까. 지난 코시국 2년간 학교에 가지 않는 날들이 더 많았고, 돌아가며 자가 격리를 반복하였다. 결국 식구 여섯 중 네 명이 감염되었고, 엄마인 나는 후유증으로 머리도 멍하고 시력도 나빠져 버렸다.

등교 이후 한두 시간은 앉을 수 없을 때가 더 많다. 큰아이가 지난밤 저지른 만행을 수습하느라 팔과 어깨가 빠졌다. 씹다 만 껌을 의자에 붙여 놓았는지 의자와 옷에 찐득한 껌이 뭉개져 있었다. 기가 막혀서 아무 말도 못 했다. 지난번에는 머리카락에 붙어서 잘라냈던 기억이 난다. 애들이 그럴 수 있다지만 다 큰 아이가 왜 그러는지 이해할 수가 없다. 아이들은 언제나 엄마의 이해 너머로 날아다닌다. 한겨울 영하의 날씨에 점퍼를 잃어버렸다고 전화해서 학교에 옷을 들고 가게 만드는 것이 큰딸이었다. 중학생이지만, 중학생이어서 방이 지저분하고, 물건은 항상 제자리에 없다. 자주 소지품들이 사라진다. 그 많은 것들은 다 어디로 갔을까. 그나마 잘 먹고 잘 자고 건강한 것만으로 감사한 일이라고 해두자. 인터넷에서 껌 제거 팁을 찾아서 시도해본다. 에탄올에 적셔 불리고, 소금과 세제를 섞어 뿌리고, 칫솔로 벅벅 문질렀다. 떨어질 때까지 계속. 그런데 이 계속이 문제였다. 약간의 얼룩을 남긴 채 껌은 떨어졌지만, 의자와 옷에 들러붙은 껌을 떼기 위해 십여 분간 오른팔, 왼팔 반복해서 문지르느라 어깨가 떨어져 나가는 줄 알았다. 초여름인데 이마에 땀이 주르륵 흘렀다. 주말에 친구들과 카페에 앉아 수다 떠는 큰딸아이를 보았는데 중학생처럼 보이지 않았다. 몸의 성장은 빠르지

만 아직 아이였고, 그런 불균형으로 들쭉날쭉한 사춘
기 여학생이었다. 시를 쓰는 엄마지만 우아하지는 못
하고, 사춘기 딸과 자주 대치하였다. 오늘은 껌에 관
한 시를 써볼까. 얼마나 씹어야 인생은 좀 수월해지
나. 그런 날이 과연 올까. 그럴 리가.

그리고 나서 보니 둘째와 쌍둥이들이 어제 놀이터
에 다녀온 뒤 벗어놓은 신발도 엉망이었다. 산 지 얼
마 되지도 않았는데 모래와 검댕이 붙어 도저히 신을
수가 없었다. 세제를 풀어 물에 불린다. 과탄산을 뿌
려 솔로 문지른다. 더러움이 빠질 때까지 계속한다.
다시 오른팔, 왼팔. 옷이나 신발은 흰 것으로 살 일이
아니다. 내가 제일 싫어하는 것이 손빨래다. 애들아,
검정 신발, 검정 옷만 입어라. 그런데 어쩌자고 아이
들은 흰옷, 흰 운동화를 좋아한다. 활동적인 둘째의
옷과 신발은 늘 얼룩져 있고, 닳아 있다. 사교를 하느
라 나보다 연락도, 약속도 많은 아이는 동분서주 바
쁘다. 지난 주말 입고 나간 흰색 주름치마의 기름얼
룩은 결국 빠지지 않아 세탁소에 맡겼다. 비싼 옷이

아니어서 세탁 비용을 들여 맡겨야 하나 말아야 하나 한참을 망설였다.

물을 빼기 위해 신발을 기울여 나란히 세워 놓고 홍차를 한 잔 더 마신다. 차를 마셔도, 마시지 않아도 숙면은 어려우니, 일단 마시고 정신을 차리는 것으로 선택할 때가 많다. 그런데 막내를 놀리는 것이 누구였더라, 이름이 생각이 안 나네. 어떻게 타이를 것인지 방법도 모르겠다. 주로 늬들끼리 알아서 해결해. 서로 다 놀리고 그러면서 크는 거야. 친구한테 속상하니까 그러지 말라고 얘기해봐. 이것도 서너 번 이상하면 더 이상 할 수가 없다. 아아, 귀찮아. 엄마는 나이 들어가는데 막내들이 너무 어려서 걱정이다. 개미도 잡으러 다녀야 하고, 식충 식물도 구해줘야 하고, 거미박물관도 가야 한다. 아이들의 너무 많은 관심과 활동으로 늘 택배 상자가 집 앞에 쌓이고, 수시로 다이소에 드나들어야 한다. 절제를 가르쳐야 한다고 생각하지만, 그게 그렇게 쉽지가 않다. 곤충과 식물, 만들기와 그리기를 좋아하는 아이들의 방은 늘 어지럽혀져 있다.

거울과 창문은 낙서로 얼룩져 있고, 바닥에는 학용품과 종이들이 어수선하게 나뒹굴고, 아이들이 만든 작품들이 여기저기 자리를 차지하고 있다. 늘 뭔가를 그려 경쟁적으로 붙여둔다. 창고와 작업실이 필요하지만, 지금으로선 각자의 방도 주기가 어렵다. 올여름에는 책을 꼭 처분하겠다고 마음먹지만 그게 될지 잘 모르겠다. 모든 벽면을 빈틈없이 두르고 있는 책들을 매번 방학 때마다 정리하겠다고 계획을 세우지만 실행되지 않는다. 너무 많아 필요한 책을 찾을 수 없는 것이 문제다. 너무 많은 것에 비해 아이들이 잘 읽지 않는다는 것이 진정한 문제다.

나란 엄마는 신경질이 많고, 예민하고, 늘 지쳐 있다. 휴식과 안정이 언제라도 필요하다. 동네마다 가정의학과 의사들과 친해진다. 몸과 마음의 불균형으로 여기저기 아프고, 이런저런 검사로도 뚜렷한 병증을 찾기는 어렵다. 그때그때 필요한 약들을 받아다 삼키고는 한다. 영화를 보거나 소설책을 읽는 것이 진통제를 복용하는 것보다 효과가 좋지만, 그럴 여유가 쉽게 마련되지 않았다. 영화를 틀면 자주 끊기고, 눈이 나빠져 야간 독서도 수월치 않다. 운동을 시작해보았지만 불규칙한 원고 마감과 강연 일정에 밀려 자주 중단되고는 했다. 다른 사람들이 무슨 일 하세요, 물으면 한참 망설이다 아이들이 아직 어려서요, 라고 동문서답하기 일쑤다.

인생이라는 커다란 선물

어느 날 친구가 빗 선물을 보내주었다. 딸아이들의
긴 머리가 엉켜서 빗질이 곤혹스러운데 반가운 선물
이었다. 친환경 원목으로 만들어진 브러시였다. 솔이
큼지막한 게 괜찮아 보였다. 이런 고가의 소모품을
잘 사지 않는데 호사였다. 그런데 자세히 들여다보
니 솔 하나가 빠져 있었다. 선물로 받은 것이어서 난
감했다. 교환 신청하지 말고 그냥 쓸까 생각도 했지
만 그래도. 어렵사리 친구한테 말했더니 친구가 그게
정상 제품이라 말해주었다. 통풍을 위해 만들어 놓은
숨구멍이라 했다. 아하, 그렇구나. 몰랐네. 처음에는
좀 부끄러운 기분이었지만 잠시 후 유쾌하게 웃을 수

가 있었다. 빗에도 그런 숨구멍이 필요하구나. 정말 그러네. 저마다 숨구멍이 좀 필요하다. 내게 그것은 무엇일까.

나는 미련해서 숨구멍을 잘 마련하지 못한다. 허둥지둥 바쁘기만 하지 여유가 없다. 이제 좀 브레이크를 걸어야 할 때가 되었다. 너무 억척스럽게 살아온 것이 아닌가. 그래서 일을 좀 줄이고, 휴식과 수면에 신경 쓸 것. 다른 사람의 시선을 적게 의식할 것. 이런 것들을 꾸준히 실천하는 데는 나 혼자만의 노력으로 잘되지 않는다. 남편과 아이들에게 충분히 이해시켜야 한다. 엄마가 엄마 노릇 하기 위해 태어난 것이 아니라는 것을 애써 알려주어야 한다. 한 인간으로 잘살기 위해 공감하고 배려하는 일을 가르쳐야 한다. 책을 읽고 글을 쓰는 것이 엄마가 좋아하는 일이라는 것을 말이다. 사랑은 감정이 아니라 실천이다. 그냥 되는 것은 아무것도 없어서 말하고 이해시켜야 하며, 행동과 태도도 가르쳐야 한다는 것. 그것이 한 여성으로서 힘겹고 쓸쓸하다는 것은 두말할 것이 없다.

초등학교 사오 학년쯤 처음 우리 동네 지하철이 개통되고 나서 나와 친구들은 자주 역 근처로 놀러 갔다. 햇볕이 쨍쨍 내리쬐거나 비를 주룩주룩 맞아야 하는 버스 정류장이 아니라 쾌적한 실내였다. 표를 끊고 개찰구를 통과하는 것도, 계단을 내려가 열차 승강장의 어둠을 들여다보는 것도, 모두 신기했을 것이다. 인근 역으로 가서 에스컬레이터를 재미 삼아 타보기도 했다. 바로 그 지하철역에 꿈의 세계가 열렸다. 우리 동네 처음으로 선물가게가 생긴 것이다. 선물가게라 함은 문방구와는 다르게 필수 문구류 이외에 온갖 장난감과 장식품을 들여다 놓고 아이들의 마음을 설레게 하는 곳이었다. 특별한 날 누군가에게 마음을 전하기 위해서 그곳에 가야 했다.

가게 주인이 아주 특별했다. 아줌마의 특기는 리본 포장이었다. 오백 원짜리든 오천 원짜리든 똑같이 공들여 포장해주었다. 그런 아줌마의 정성 때문에 항상 그곳을 찾았다. 아줌마는 포장을 할 때 리본을 충분히 길게 잘라 썼다. 볼륨감을 살려 리본을 묶고 길게 늘어뜨렸다. 집에서 포장하면 어떻게든 리본을 아껴 쓰려고 작게 만들고 짧게 끊어 쓰고는 했는데 아줌마는 달랐다. 또 아줌마는 포장지 끝을 여러 겹으로 접어서 주름치마를 만들 듯이 포장해주거나 서로 다른 색의 포장지를 겹쳐서 포장해주기도 했다. 지금이야 화려한 포장 기술이 흔한 것이지만 그때는 그렇지가 않았다. 어린 시절 과장된 포장이 주는 만족감 같은 게 있었다. 가난한 동네에서 자랐던 내게 그것은 숨구멍 같은 것이었다. 아름답고 섬세한 것이 좀 필요했다. 그것을 연출하는 아줌마의 느린 손을 지켜보는 것은 언제나 제품 가격 이상의 가치 있는 시간을 내게 돌려주었던 것 같다.

글을 쓰는 내내 가게 이름을 떠올리려고 했으나 잘 되지 않았다. 에델바이스나 아이리스 같은 네다섯 글자의 외래어였던 것 같은데, 꽃 이름 같은 것이었는데 왜 정확히 기억이 나지 않을까. 프리지아였나. 그토록 좋아했던 그곳의 이름이 기억나지 않아 스스로 실망감을 느꼈다. 친구들은 아트박스 아냐, 라고 반

문했지만 아트박스 시절은 그 이후 중고등학교 때 등
장했다. 더 이상한 것은 친구들의 기억 속에 역내 선
물가게가 아주 평범하게 기억된다는 사실이었다. 내
가 왜 나의 어린 시절을 곱씹으며 숨구멍 따위나 되
돌리고 있는지, 왜 이런 글을 쓰는지 곰곰 생각해 볼
일이다. 나는 어딘가 막힌 사람처럼 우울하고, 중요
한 걸 놓친 사람처럼 무기력하며, 이별한 사람처럼
막막하다. 이것이 글을 쓰는 중년 여성의 마음이라면
너무 과장된 것일까. 누구의, 무엇의 잘못은 아니지
만 묵인과 은폐 속에 더 고통받는 것은 항상 나이 든
여성의 쪽이다. 인간의 성장이 누군가에게 얼마간 빚
지고 있다면 그건 엄마일 가능성이 높고, 나 역시도
그런 엄마가 되었고, 그런 엄마가 있다. 엄마를 상실
한다는 것은 나를 얼마간 지운다는 것이리라 막연히
생각해본다. 이 막연함 너머에 실질적인 고통, 세부
의 아픔은 상상하지 않아도 명백한 것이기에.

해방일지

JTBC 드라마 《나의 해방일지》의 소개는 이렇게 되어 있다. "견딜 수 없이 촌스런 삼 남매의 견딜 수 없이 사랑스러운 행복 소생기." 16부작 주말드라마를 본방으로 챙겨보기는 어렵다. 박해영 극본이라는 얘기를 듣고 띄엄띄엄 찾아보며 언제 원고 마감하면 정주행하기로 마음먹었다. 사람들 사이에서 옥신각신했던 문제의 그 대사 "날 추앙해요."라는 대사의 이질감이 내게 그다지 중요하지 않았다. 구씨의 정체와 행방도 별로 궁금하지 않았다. 난 언제나 작품의 덜 주목받는 부분에 매달리고는 한다. 가령 남매 중 막내 염미정의 사내 동아리 활동 같은 것. 어디에도 끼지 못하고 소외된 사람들 셋이 모여 만든 '해방클럽' 말이다. 카페에 사람들 셋이 띄엄띄엄 앉아 멀뚱히 창밖을 바라보며 아무것도 하지 않는 것. 꼭 뭘 해야 하는지 반문하는 사람들. 어쩌면 제목처럼 드라마의 인물들이 각자 해방의 방식을 찾아가는 과정을 특이한 대사와 섬세한 감정 묘사로 드러내고 있다면 각자가 유리창 밖으로 무연히 시선을 방기하는 것이야말로 행복 소생의 출발이라 해야 할 것 같다. 내가 요즘 생각하는 것도 행복이나 사랑이 아니라 멈춤과 휴식이다.

같은 작가의 이전 드라마 《나의 아저씨》를 인생 드라마로 꼽는 사람도 있고, 페미니즘 시각에서 비판적으로 이야기하는 사람들도 있다. 나는 다만 누군가의 발걸음과 숨소리를 엿들으며 위로와 위안을 얻는 '작은 인간'을 생각해본다. 사소한 말과 태도에도 배려가 담길 수 있고, 배척이 담길 수도 있다. 다른 사람의 마음을 헤아리는 일은 그만큼 어렵기도 하고, 꼭 필요한 일이기도 하다. 인간이 인간답게 존재하려면 결국은 본인 자신의 충동과 욕망에 굴복하지 않고, 타인의 감정을 배려하고 나와 다른 마음의 자리를 상상할 수 있어야 할 것 같다.

종종 가까이 지내는 사람들의 욕망은 아무렇지도 않게 무시되고는 한다. 또는 너무 가까워서 가까이하기에 너무 먼 당신이 되기도 한다. 거리 조정이야말로 내가 가장 중요하게 생각하는 것인데, 거리 조정의 불필요함을 '사랑'이라고, '가족'의 특별함이라고 여긴다면 일상이 불편해지게 마련이다. 규정하기 어려운 것이, 조금씩 달라지고 변화할 수밖에 없는 것이 '사랑'이고 '가족'이어서 긴 세월을 함께 살아도 쉽지가 않다. '사랑'이 어떻게 달라지니? '가족'인데 그럴 수 있어? 누군가 이렇게 말한다면, 한쪽이 일방적으로 인내하고 희생을 감수할 것을 요구하는 부당함이 그 안에 있는 것이 아닐까. 대개는 그 양보의 자리에 엄마가, 아내가, 며느리가, 딸이 위치한다. 그래서 여성 시인의 목소리에는 양보할 수 없는 상처와 고독과 우울이 있는 것이 아닐까.

가부장적 분위기 속에서 아버지와 선생님을 무서워하며 자란 나는 대체로 체제 순응적 인간이지만 끝까지 양보할 수 없는 몇 가지가 있었고, 대개 그것이 나를 문학과 글쓰기로 이끌었던 것 같다. 독립하여 새 가정을 이루었지만, 그것은 더 가혹한 시스템 안으로 나를 밀어 넣는 꼴이 되어서 불편부당한 감정을 겪어야 할 때가 여전히 많다. 독립적인 아내, 자유로운 엄마 되기를 꿈꾸지만 쉽지 않다. 날마다 질문을 던지는 캄캄한 밤들이 계속된다. 그래서 난 오늘을 어떻게 호흡해야 하는 것일까. 가만히 있어도 숨은 쉬어지지만 어떻게 의미 있는 편안한 호흡을 이어갈 수 있을까. 어디에 내 숨구멍을 뚫어야 하나.

아이들이 조르고 애들 아빠까지 거들어서 갯벌 체험을 다녀왔다. 태안반도까지는 너무 길이 막히고 멀어서 인천의 조그만 섬에 들어갔다. 육로가 놓여 그럭저럭 오갈 만했다. 일 인당 얼마간 체험 학습비만 지불하면 통과 호미와 장화를 대여해주고 쪼그려 앉아 갯벌 체험이 시작된다. 도심에 가까워서 그런지 바다 오염 때문인지 온몸에 기꺼이 바르고 싶을 만큼의 갯벌은 아니었다. 그럭저럭 호미질을 하면 조그만 조개를 캘 수 있는 정도. 그런데 이게 팔 아프게 파도 파도 안 나오면 흥미가 떨어지게 마련이어서 주워 담을 만한 것이 좀 나와야 한다. 그런데 바닷가 사람도 아니고 어디를 얼마큼 파야 무엇이 나오는지 좀처럼 알 수가 없다. 의미 없는 호미질을 할 뿐이다. 그래서 이런 무지렁이 체험자들을 위해 비용을 받고 일부러 조개를 심어 놓는 것 같았다. 처음에는 몰랐다. 자디잔 조개가 왜 이렇게 많지, 하면서 열심히 파고 주워 담았다. 그런데 그게 그런 것이 아니었다. 저 멀리서 또 다른 체험자들을 위해 작업을 해놓는 것이 보였다. 그러니까 우리는 자연 그대로의 갯벌 체험이 아니라 인공적으로 가꾸어진 갯벌에 갇혀 그들이 의도한 만큼의 체험을 딱 그만큼만 하는 것이었다. 많은 사람들이 쪼그려 앉아 같은 동작을 반복하는 것이 꼭 개미 떼처럼 보였다. 딱했다. 파낸 조개를 헹궈 아이스박스에 담아 차 트렁크에 싣고 오는데 기분이란 것이 좀 그랬다. 아이들은 오랜만에 바라본 바다와 외식이 신나고, 진흙이 뒤범벅된 신발마저도 즐거워 보이는 듯했다.

얼마간 울타리가 필요한 것이 아이들이지만 얼마큼의 인위와 조작이 적당한 것인지는 아무도 모른다. 딸기 체험도 그렇고, 도자기 체험도 그렇고 아이들을 데리고 다니면서 돈으로 살 수 있는 것과 돈으로 살 수 없는 것에 대해 골몰할 때가 많다. 비용을 지불할 수 있는 능력만큼 인생은 풍요로워지는 것인가. 주말과 공휴일을 보내기 위한 하루 이틀만 그런 것이 아니다. 교육 시스템도, 일상의 패턴도 내가 줄 수 있는 것과 없는 것 사이의 고민은 계속된다. 그것은 언제라도 계층의 경제력만큼인 경우가 많다. 평생 소비하는 인간으로 살다 죽도록 설계되어 있는 이 삶에서 여성 작가들은 경제적 주체로 자리 잡기도 어렵다. 원하는 일을 마음껏 하기가 어렵다는 것. 그래서 다른 일들을 애써 감당하며 글쓰기를 하는 많은 젊은 여성들에게 조금 더 기회와 여유가 주어졌으면 하는 바람이 든다. 언제까지나 가난과 억압, 고통과 한계를 창작의 동력으로 삼을 수는 없다. 글을 쓰며 사는 삶을 선택하고자 할 때 대부분의 사람들이 망설이는 것은 글을 쓰는 일이 어려워서가 아닐 것이다.

비 오는 날의 산책

나는 수영과 운전을 싫어한다. 물과 속도에 대한 공
포가 잠재되어 있겠지만 그런 사적인 공포심을 분석
하여 극복할 의지가 내게는 없다. 한두 가지쯤 싫어
하는 것을 안 해도 되지 않겠는가. 그래서 아이들에
게는 아주 어릴 때부터 수영 교육을 시켰고, 아마 운
전도 그럴 것이다. 그런데 아뿔싸, 아이들은 여름이
되면 어김없이 수영장에 가자고 조른다. 몇 번의 거
절 끝에 올봄부터는 그래서 아예 수영을 배우기 시작
했다. 어린 시절 자유형과 배영 정도는 배워서 나도
조금은 할 줄 안다고 생각했지만, 전혀 그렇지가 않
았다. 수영장에 가기 한두 시간 전부터 긴장이 되고,

물을 맞닥뜨리면 심호흡이 필요했다. 급기야 팔다리가 뻣뻣해져 갔다. 아이들에게 수영을 가르치는 선생님한테 그대로 배우기 때문에 조금 부끄럽기도 했다. 아이들은 물을 좋아하고 쉽게 영법을 익혀갔다. 엄마 팔을 길게 쭉 뻗어. 발을 힘차게 차. 음파 몰라. 자꾸 아이들의 목소리가 들리는 것 같았지만 자꾸 꼬르륵 가라앉았다. 귓속에 물이 들어가면 웅웅 나는 점점 더 모르는 인간이 되어 갔다. 물속의 나는 누구일까.

동네 주민센터에서 요가와 필라테스도 시작했다. 선생님들께서도 곧잘 똑바로 서거나 앉기를 종용하고, 힘을 빼고 긴장을 풀라고 조언한다. 그런데 그게 잘 안된다. 꽤 유연하고 민첩한 몸이었는데 어느새 무겁고 경직된 중년이 되었다. 이런 나를 어떻게 사랑해야 하나. 갑자기 나란 인간을 알 수 없는 기분에 휩싸였다. 건강에 무슨 이상이 있나 싶었지만 검사 결과 별문제가 없었다. 갱년기인가 의심스러웠지만, 의사가 아직은 아니라고 했다. 자율신경실조증이 의심스러워 유튜브에서 의학 채널을 찾아서 한참 들여다 보았다. 번아웃이라는 말도 떠올랐다. 코로나블루일 수도 있겠다. 갑작스러운 위기랄 것이 아니었다. 아주 오래 나는 나를 잊고 달려왔다. 너무 달렸다. 여러 핸디캡을 끌어안고 버둥거렸다. 마이너한 감정을 지우지 못해 전전긍긍했다. 글쓰기는 그런 나를 버티게 하는 유일한 길이었던 것 같기도 하다. 숨이 턱 끝까지 차오르고 나서야 속도를 늦추기 시작했는데 속도를 늦추고 보니 갑자기 내가 낯설어지기 시작했다. 요즘은 시를 쓰는 것보다 나를 사랑하는 일이 더 어렵다. 안 쓰던 근육을 쓰면서 버텨보고자 하는 것은 그런 어려움을 맞닥뜨리는 방식인지도 모르겠다.

막내가 졸라서 산책에 나섰다. 하루 종일 쏟아지던 비가 주춤했다. 그래도 우산을 챙겨 나갔어야 하는데 억지로 끌려 나가는 바람에 깜빡했다. 아홉 살 파브르는 거미를 좋아하지만, 장마 기간이라 지렁이와 달팽이가 많았다. 아이는 맨손으로 징그러운지도 모르고 곤충을 만지작거리며 친구하자고 신나 했다. 한참을 걸었는데 갑자기 비가 다시 쏟아졌다. 나무 밑에 아이를 잠깐 세워놓고 잠깐 기다리면 되겠지 싶었는데 그게 아니었다. 주룩주룩 쏟아지는 바람에 장대비를 다 맞게 되었다. 물 먹은 생쥐 꼴이 되어갈 쯤 둘째에게 연락이 왔다. 엄마, 비 오는데 어디야, 내가 갈게. 빗속을 뛰어오는 아이가 멀리서 보였다. 엄마와 동생을 걱정하며 제 발이 젖는 줄도 모르고 첨벙거리며 뛰어왔다. 머리카락과 옷이 젖은 엄마와 동생을 보며, 둘째는 혀를 끌끌 찼다. 좀 더 일찍 전화를 했어야지 왜 그랬냐고 묻는 아이는 아직 초등학교 4학년밖에 되지 않았다. 나는 그렇게 어느 때면 좀 멍한 엄마이다. 둘째는 나와 막내를 집에 데려다 놓고 외출 중인 제 언니를 또 데리러 나선다. 돌아와 샤워를 마치고 나온 엄마를 보고 안심한다. 그리고 이런저런 말들을 쏟아낸다. 평소보다 말이 많고 목소리 톤이 한층 올라간 것이 기분이 많이 좋아 보인다. 가족들에게 도움이 되고, 뭔가 보람찬 일을 했을 때 아이의 눈은 더 동그래지고 얼굴에 빛이 난다. 순수한 기쁨에 들뜬 아이를 보니 그 마음을 알 것도 같고, 또 너무 오래 잊었던 것 같기도 했다. 아이의 웃음 속에서 나는 지친 나를 보았고 마음이 먹먹했다. 나는 비를 맞으며 비를 피할 생각이 별로 없었던 것 같다. 다 젖어 가면서, 다 젖네, 그렇게 넋 놓고 있었다. 《그레이 아나토미》에서 메러디스는 물에 빠진 순간 가라앉는 제 자신을 내버려 둔다. 생존수영을 할 줄 알았지만, 아무것도 하지 않는다. 나는 메러디스의 그 상태를 알 것 같았다.

글을 쓰는 여성으로 살아가면서 지치지 않는 것이 중요하다. 자신을 사랑하고 아끼는 것이 필요하다. 무엇보다 한 인간으로서 소소한 기쁨을 느끼며 살아갈 수 있어야 할 것 같다.

"엄마가 엄마 노릇 하기 위해 태어난 것이
아니라는 것을 애써 알려주어야 한다.
한 인간으로 잘살기 위해 공감하고
배려하는 일을 가르쳐야 한다.
책을 읽고 글을 쓰는 것이
엄마가 좋아하는 일이라는 것을 말이다.
사랑은 감정이 아니라 실천이다."

쓰지 못한 몸으로
잠이 들었다

—

조혜은

조혜은

쓰는 사람을 꿈꾸며 자라나, 시인으로 살다가 느닷없이 엄마가 되었다. 시인도 엄마도 모두 나라는 사람의 소중한 '부캐'다. 나와 함께 아이를 안고 걸어가는 엄마와 세상 모든 엄마들이 단단한 체력으로 행복을 써 내려가길 응원하고 있다.

매일 밤

아이들이 고백한다. "엄마, 사랑해." 난데없이 나타나서 느닷없이 입을 맞춘다. 아이들은 함께하는 매 순간 사랑을 말한다. 둘째 아이가 유치원에 다닐 때였다. 반짝이는 작고 예쁜 것들을 좋아했던 아이는, 만들기 재료로 쓰고 남은 다양한 색과 모양의 파츠를 종이컵에 담아 집으로 가져오곤 했다. 집에 와 펼쳐놓고 보니 좋아하는 모든 것들이 고작 손톱만 한 크기여서 아쉬웠던지, 아이는 작고 향기 나는 몸으로 내 품에 파고들어 사랑을 갈구하는 양손을 나의 목에 감고 물었다. "엄마, 보석들은 왜 이렇게 작아?" 아이가 보지 못한 세상 어딘가에 더 큰 보석이 있을 거라는 나의 말에 아이는 1초의 머뭇거림도 없이 말했다. "엄마가 가장 큰 보석이야. 엄마, 사랑해." 나는 아이들의 고백에 담긴 진심을 믿는다. 언젠가 이 아름다운 고백을 글로 써서 돌려줘야겠다고 마음먹는다.

물론 글쓰기를 향한 나의 소망은 이상에 불과하다는 것을 나의 현실이 매일 잔인할 정도로 일깨워 준다. 잠들기 직전까지 아이들은 갖은 이유로 나를 찾는다. 화장실에서 뒤를 닦아주어야 하거나 함부로 놓아둔 물건의 위치를 찾는 자잘한 도움이 필요한 순간은 끝이 없었고, 동영상을 보거나 게임을 하기 전에 그날의 과제를 마치고 저녁을 먹은 뒤 간식을 먹는 일과 같이 우리 사이에 충분히 약속된 일에도 매일 새로운 타협이 필요했다. 나는 아이들을 설득하거나 아이들의 요구에 설득당하느라 끊임없이 말하고 넘칠 정도로 "엄마" 소리를 듣는다. 드디어 배울 만큼 배우고 먹을 만큼 먹고 아무리 놀아도 아쉬운 아이들이 한바탕 요란한 물놀이 목욕을 마치는 것으로 그날의 주요 일과를 끝내면, 나에게도 아이들을 돌보는 동시에 무언가를 하지 않아도 되는 짧은 여유가 찾아온다. 아이들이 한 시간의 만화 타임을 갖는 동안, 서둘러 집안일을 마치고 낮에 도착한 친구의 신작 시집을 읽고, 놀이터에 서서 핸드폰에 몇 자 적어 놓았던 글감도 풀어낼 조급함으로 빨리 설거지를 하려던 순간, 아이들이 또다시 찾는다.

채널을 다투거나 누가 누군가의 몸을 '툭' 치고 사과하지 않았다거나 하는 일로 다투는 아이들을 말리고 상해버린 기분을 위로하는 것은 내게 주어진 가장 흔하고 까다로운 돌봄의 영역이다. 무슨 말을 해도 아이들은 좀처럼 만족하지 못했다.

"어쩔 수 없다." 요즘 내가 스스로에게 가장 많이 던지는 말이다. 두 아이 모두 수긍할 만한 해결책을 제시하느라 서로의 잘잘못을 따져보고 입장 바꿔 이해도 시켜보고, 싸움과 화해의 원칙대로 사과하고 끝내보려고 하지만 꼭 누군가는 서운하다. 서운함을 풀어주려고 서로 상대를 배려했던 순간을 상기시키면 내 의도와는 다르게 배려했던 쪽에서 "그때 괜히 잘

해줬어."라든지 매번 자기만 억울했다는 볼멘소리가 튀어나온다. 또, 배려받았던 쪽에서는 지난 일이라 기억에 없다거나 상대가 먼저 잘못해서 그런 배려는 당연했고 결국 자기가 더 억울하다는 반격이 시작된다.

이런 '사소한 일'로 싸우느냐고, 제발 '다툴 만한 일'로 다투라고 긴 설교를 이어가다 보면 그 말에 설득당하는 건 결국 나다. 생활비를 버는 당신의 일에 비해 내가 하는 집안일과 아이를 돌보는 일과는 '사소한 일'로 치부되어, 매일 밤 엄마가 아닌 내가 되어 글을 쓸 시간을 찾아 다투는 나는 뭘까. 이 세상에 과연 다른 사람에 의해 사소하다고 결정되고 싸울 가치가 없다고 깎아내려져도 되는 일이 있기는 한 걸까.

오늘 밤도 '내 생각'처럼 되지 않을 거라는 자포자기의 심정으로 아이들 곁에서 시간을 보내자면 아이들은 언제 그랬냐는 듯이 신이 나서 함께 놀기 시작한다. 내가 안심하고 씻으려고 자리를 비우면 다시 번갈아 욕실 문을 열고 오빠나 동생에게 당한 억울한 일을 폭로하려고 엄마를 찾는다. 아이들이 부르지 않

아도 싸우는 소리가 욕실 안으로 번지면 내 편에서
먼저 문을 열어야 했다. 아이들이 더 어릴 때는 돌보
는 일 외에는 내내 아무것도 못 하다가, 아이들이 완
전히 잠든 뒤에야 물소리에 깰까 봐 불안에 떨며 씻
었고, 자다가 깬 아이가 욕실 문을 두드리면 욕조 속
에서 인어공주를 흉내 내며 잠시만 기다리라고 우는
아이를 달랬으니 지금은 얼마나 나아졌냐며 또 한 번
의 욱하는 심정을 꾹꾹 눌러 담는다.

   아이들은 잘 시간이 지나서도 잠이 오지 않는다
고 버티며 엄마를 찾았다. 나는 청탁을 받은 순간부
터 머릿속에서는 쓰기 시작했지만 아직도 해결하지
못한 마감으로 초조했고, 아무리 애써도 끝나지 않는
엄마로서의 하루를 보내며 무력감에 시달렸다. 아무
것도 모르는 아이들은 또 무엇이 필요한지 엄마를 불
렀다. "엄마", "엄마?", "엄마!" 나는 아이들의 잦은
부름에 부아가 나서 결국, "왜!" 하고 소리를 지르고
만다. "도대체 왜? 엄마도 좀 쉬자!" 나는 지금 이 순
간과 상관도 없는 아이들의 정리되지 못한 방과 먹은

자리에 그대로 놓인 과자 봉지 같은 것들에 대해 속 사포같이 쏘아붙이며 아이들을 몰아세웠다. "아니… 이, 엄마 사랑한다고 말하려고 했는데." 온종일 내 사정 같은 것은 아랑곳하지 않고 공원과 놀이터에 늦도록 끌고 다니고, 자신들의 귀찮은 일을 해결하려 수도 없이 집을 오르내리게 하고, 집에 와서는 신나게 어지르고 용감하게 싸우던 아이들은 참고 참았던 내한 번의 외침에도 세상 서운한 얼굴로 나를 반성하게 만들었다. 나는 가장 연약한 아이들에게 내가 쓰지 못하는 슬픔과 분노를 전가한 것이다. 하루 동안의 노력이 모두 물거품으로 돌아가는 순간이다. 나는 엄마로서도 시인으로서도 자주 실패한 하루를 산다.

'그럼에도 불구하고' 아직 끝이 아니라는 듯 아이들은 온통 무너져 너덜너덜해진 나를 일으켜 세운다. 갓 구워낸 빵처럼 폭신폭신하고 따끈따끈한 두 발로 단단히 버티고 서서, 잘 익은 단풍같이 고운 손으로 다정하고 다감한 포옹을 일삼으며, 아이들은 거개 기다린다. "엄마도" 혹은 "사랑해"와 같은 나의 답변을,

그 속에 담긴 온전한 애정과 당연한 헌신을.

사실상 나의 쓰임은 아직 끝나지 않았다. 악몽을 꾸지 않도록 잠들 때까지 옆에 있다가 가라는 아이들 곁에 누워 있자면 이대로 나의 하루가 아이들의 하루와 같이 끝나게 될까 봐 두렵다. 품속으로 고르게 번지는 아이의 숨소리가 느껴지면 당장 책상 앞으로 달려가 뭐라도 적고 싶지만, 아이가 완전히 잠든 뒤에도 침대를 떠날 수가 없다. 어차피 이렇게 끝날 하루였는데 왜 더 다정하게 말하지 못했을까. 다정하게 거절하면 이해해 주었을까. 너희의 하루가 끝나면 엄마에게도 엄마를 마칠 시간이 필요하다고. "엄마도, 사랑해." 몸과 마음으로 아이들의 고백에 답한다. 죄책감에 시달린다. 미처 끝내지 못한 내 몫의 집안일을 머리 뒤에 가득 안고서 나는 아이 대신 악몽을 꾼다. 오늘도 쓰지 못한 몸으로 잠이 들었다. 내가 글을 쓰지 않았더라면, 이런 하루도 괜찮았을까. 사랑은 아주 쉬운 일이 되었다가, 그렇게 영영 어려운 일이 되어버린다.

그럼에도 불구하고

어느 봄날, 시집 서점 '위트 앤 시니컬'에서 나는 유아차에 누워 잠든 둘째를 보며 실비아 플라스의 《벨자》*를 읽고 있었다. 결혼을 하기 전에 읽었던 알프레드 알바레즈의 《자살의 연구》** 속 실비아 플라스는 내가 생각하는 이른바 '작가적 삶'에 대한 전형을 보여주는 인물이었다. 우리 할머니는 살아 계셨을 때, 내가 지금의 내 아이만 하던 시절부터 글을 써왔다는 걸 아셨음에도, 막상 대학에 가서 문학을 전공하고 싶어 하는 둘째 손녀를 보니 더럭 걱정이 앞

• 실비아 플라스, 공경희 옮김, 《벨 자》, 마음산책, 2013.
•• 알프레드 알바레즈, 최승자 옮김, 《자살의 연구》, 청 · 하, 1982.

서셨는지 반대 아닌 반대를 하신 적이 있었다. 어쨌든 나는 문학이 아닌 취업이 잘 되는 학과로 진학했지만, 결국엔 시인으로서 글을 쓰고 배우고 가끔은 가르치기도 하는 삶을 살고 있다. 1920년대생이었던 할머니에게는 글을 쓰는 사람은 골방에서 피를 토하고 죽을 운명을 걷는 사람이었다. 내가 생각하는 문학적 삶은 할머니가 생각하는 것처럼 '인간은 영원히 불행한 삶에서 벗어날 수 없다'고 말하는 우울한 천재 예술가의 가난한 삶과 극단적 죽음이 결단코 아니었지만, 내가 실비아 플라스의 삶에서 읽은 것은 그와 크게 다르지는 않았다. 천재성과 그 천재성을 더 드러나게 해 줄 비극적 삶의 결말. 여덟 살 때부터 시가 활자화될 정도로 두각을 나타냈으며, 학창 시절 받을 수 있는 모든 상을 다 차지하고, 대학에 진학한 후에도 뛰어난 가능성으로 주목받은 빼어난 작가였던 실비아 플라스는 자신의 두 아이를 위해 빵과 우유를 준비해둔 채로 그녀의 부엌에서 오븐을 열고 머리를 눕힌 채 가스를 열어 자살했다.

알프레드 알바레즈는 그 무렵 왕성한 창작열을 불
태우며 일에 매달렸던 작가이자 엄마인 그녀가 스스
로 목숨을 끊은 이유에 대해, 비록 실패했지만 "도와
달라는 외침"이었다고 말한다. 겉으로 드러난 그녀
는 몹시 쾌활했고, 그녀의 시는 그녀가 누구의 도움
도 필요치 않은 사람이라고 말하는 듯했다. 그럼에도
불구하고 그녀의 시는 "누군가 자발적으로 힘써 준
다면 그 도움을 받아들일 수도 있음을 납득시킬 수
있게끔 만들어진 것"임을 돌연 깨달았다고 알프레드
는 말한다. 그녀는 적극적인 도움이 필요했다. 나는
갓 태어난 젖먹이 둘째와 이제 겨우 두 살이 된 첫째
를 돌보고 집안일을 하고 완전히 지친 상태에서 밤을
맞은 그녀의 절망을 생각한다. 창작에 대한 열망에도
불구하고 더는 아무것에도 집중할 힘이 남아 있지 않
아 아이들이 깨기 전, 이른 새벽에야 작업에 몰입하
는 그녀를 본다. 하지만 모든 게 충분하지 않았다. 전
과는 다른 새로운 돌파구가 필요했다. 알프레드는 그
녀가 "애처로우리만큼 외로웠다."라고 회고한다. 그

녀에게는 "누군가 인정해 줄 사람"이 필요했다. 이전과 달리 글을 쓰기에 너무 열악한 환경이지만 실비아 플라스에게는 여전히 내 글이 잘 되어가고 있고, 썩 괜찮다는 확신이 다른 어느 때보다 간절했을 것이다.

나는 알고 있었다. 결혼과 육아가 때때로 글을 쓰는 여성을 얼마나 벼랑 끝으로 몰아갈 수 있는지에 대해서 셀 수도 없이 읽었고, 들었고, 보았다. 그럼에도 불구하고 결혼 전에 나는 그것이 나와는 전혀 상관없는 특별한 뛰어남이나 예민한 천재성의 결과라고만 생각했다. 실비아 플라스의 삶을 통해 나는 내가 감히 꿈꿀 수 없는 위대한 시인의 완벽한 불행을 동경했던 것 같다. 실비아 플라스는 당대의 뛰어난 시인이었던 테드 휴즈와 결혼해 두 명의 아이를 낳지만, 둘의 로맨스는 테드 휴즈의 외도로 끝나고 실비아 플라스는 상처를 입고 자살한다. 아직도 그녀의 이름을 검색하면 작품보다는 이런 그녀의 비극적 삶이 더 흔하게 전시되어 있는 걸 볼 수 있다. 알프레드는 "시인을 하나의 희생 제물"로 보는 실비아 신화의 잘못을 지적한다. 그런 의미에서 실비아 플라스의 자전적 소설《벨 자》는 내게 잘못된 실비아 신화를 탈출할 열쇠를 준 책이었다. 소설 속 에스더 그린우드가 벨 자(bell jar) 밑에 앉아, 그녀의 엄마가 말하는 나쁜 꿈이 결국엔 세상 그 자체라는 것을 알아버린 것처럼, 실비아 플라스 역시 알지 않았을까. 우리가 셀 수도 없이 읽고, 듣고, 보았던 그 평범한 불행의 이야기가 아주 간단히 나의 현실이 될 수 있다는 것을 말이다. 그럼에도 불구하고 비범한 그녀 역시 평범한 나와 다를 바 없이 자신을 과신하고 행복한 가정을 확신했던 건 아니었을까. 작품을 쓰는 일은, 아이의 엄마가 되고 누군가의 아내가 되는 일과는 별개로 결혼 생활 안에서 이전과 다름없이 지속될 것이라는 막연한 착각 말이다.

"실비아 플라스를 읽는 엄마라니." 서점을 운영하는 선배가 혼잣말처럼 중얼거렸던 그때, 나는 나의 가정에서 글을 쓰는 엄마이자 아내로서 실패에 실패를 거듭한 뒤였다. 그럼에도 나는 여전히 내가 이상적인 가정에서 꽤 괜찮은 엄마가 될 수 있을 거라고 무작정 낙관하고 있었다. 실비아 플라스처럼 대단한 작가는 될 수 없겠지만, 빼어난 재능을 지닌 작가이자 엄마인 또 다른 그녀들이 쓴 글을 읽고, 숨 쉬듯 글을 쓰고, 아이들을 사랑하는 평범하고 불행하지 않은 엄마면 좋겠다고 생각했다. 내가 집중해서 책을 읽고 시를 쓰는 와중에 아이들을 돌보거나, 아이들과 함께 있는 현장에서 책에 집중하거나 시 쓰기에 몰두하는 것은 가능하지 않은 일인데 나는 마치 그게 나의 노력으로 동시에 될 수 있는 일인 양 여겼다. 네 살배기 첫째와 갓 100일이 지난 둘째를 안고 늦게까지 장난감으로 놀아주었던 밤, 나는 아이들을 재운 뒤에 그날까지 마감했어야 할 원고를 쓰기 시작했다. 아이들이 어릴 때에는 부엌이 나의 주요 작업 공간이었다. 나는 식탁에서 글을 썼다. 책상과 책장이 있는 방으로는 아이들을 두고 들어갈 수 없었고, 바닥에 가까운 책상에서는 아이들의 손이 닿아 노트북을 펼칠 수 없었다. 아이들을 돌보며 틈틈이 글을 쓰기에 식탁은 꽤 유용했다. 둘째가 어려 밤에 긴 잠을 자지 못할 때는 그야말로 낮에 틈틈이 써야 했다. 그나마도 낮잠을 자던 아이가 깨어 잠투정을 하면 한 시간이고 두 시간이고 무릎으로 받쳐 안은 채 키보드를 두드려야 했다. 아이들이 만족할 때까지 24시간 나를 가동하면서도 평범하고 행복한 엄마를 꿈꾸었다.

실비아 플라스에게 엄마는 어떤 모습이었을까. 불행히도 그녀 역시 나와 다르지 않았던 것 같다. 《실비아 플라스 동화집》*에서 나는 엄마인 그녀의 모습을 상상해 보았다. 〈이 옷만 입을 거야〉에서는 이름이 지워진 채 '닉스'라고만 쓰인 소포가 닉스네 집에 배달된다. 아빠와 일곱 명의 아이들 중 누구에게 온 것인지 궁금해하며 꾸러미를 열자 아빠에게 꼭 맞는 근사한 정장이 나온다. 각자의 활동 장소와 활동에 어울리지 않는다는 이유로 아빠에게서 일곱 명의 아이들에게로 정장이 옮겨가는 동안 '닉스'라는 성을 가지지

---

* 실비아 플라스, 오현아 옮김, 《실비아 플라스 동화집》, 마음산책, 2016.

않은 엄마가 기꺼이 일곱 번의 수선을 도맡는다. 아빠와 아이들은 정장을 입고 내일 할 일을 이야기하지만 엄마는 막내 맥스에게 정장이 올 때까지 "엄마가 손을 다 보고 나자"의 주체로서 아이들의 체형에 꼭 맞게 수선만을 반복할 뿐이다. 실비아 플라스가 그린 삽화 속 엄마는 집중하는 얼굴로 무릎을 꿇고 아이가 입은 정장의 바짓단을 잡거나 재봉틀을 앞에 두고 있다. 첫딸이 태어나기 전 약 2년 동안 이 동화를 쓰면서 실비아 플라스는 어떤 엄마를 꿈꾸었을까. 체리 아줌마처럼 "깔끔하고 반짝반짝 윤이 나서 절로 기분이 좋아지는 부엌"(《체리 아줌마의 부엌》**)에서 아이들을 위해 요리하는 엄마를 꿈꾸었을까. 실비아 플라스의 동화 속 엄마는 왜 자신의 내일을 이야기하지 않았을까. 알프레드가 말한 대단한 재능을 가진 시인으로서의 그녀는 "불행을 예술로 바꿔 놓을 수 있었던 용기"의 소유자였지만, 그녀가 경험하고 생각한 엄마는 자신

** 위의 책.

의 내일보다는 가족들을 위해 기꺼이 희생하는 존재였을지도 모르겠다. 이런 모순 속에 엄마이자 시인이었던 현실 속 실비아 플라스는 한때 아이들을 위해 빵을 굽고 따뜻한 식사를 준비했을 마법과도 같은 공간이자 작가로서의 자유를 억압받는 공간이었을 자신의 집 부엌에서 생을 마감했다. 내가 알프레드 알바레즈의《자살의 연구》에서 유일하게 밑줄 친 부분은 머리말에 있었다.

"실비아 플라스에게 자살은 그녀의 시(詩)가 그녀
자신을 몰아넣은 절망의 궁지로부터 벗어나기 위한
시도였다."

그럼에도 불구하고.

작은 방

마감을 앞둔 밤은 항상 지옥이었다. 내 사정을 핑계 삼아 아이들에게 소홀해지지 않으려고 나는 아이들이 완전히 잠든 밤에 최대한 많이 깨어 있으려 애를 썼다. 낮에는 항상 아이들과 놀이터에 머물렀다. "해오름이지? 여기에 있을 줄 알았어." 첫째가 초등학교 3학년이 된 요즘엔 덜하지만, 아이 친구 엄마들에게 나는 항상 놀이터에 나와 있는 사람이었다. 아이들이 원하면 아이의 친구들을 집에 초대해 함께 돌보았다. 아는 엄마들은 내게 힘들지 않으냐고 물었지만, 아이들이 실컷 잘 놀아야 하루의 끝이 덜 힘들었다. 코로나로 공교육도 멈추고 아이들 돌봄이 오로지 주 양육자 한 사람의 몫이었을 때도, 누군가를 돌보는 일은 늘 홀대받는 일이었으며 아무리 최선을 다해도 내 삶을 정당하게 살아가는 것으로 인정받지 못했다. 생활비를 버는 일에 비해 중요하지 않은 일로 취급당했고 일하지 않는 사람으로 여겨졌다. 돌봄은 노동이었지만 일이 아니었다. 이건 시를 쓰는 일과도 비슷했다. 아무리 최선을 다해도 시인은 직업이 아니었고, 내 몫의 육아와 가사 노동을 모두 마치고 가족들이 잘 시간에 시를 쓰는 것조차도 내게는 사치였다. 굳이 정의하자면 나는 가정에서 낮에는 돌봄 노동과 가사 노동을 하는 엄마이자 아내였고, 밤에는 쓰는 노동을 하는 나이자 시인이었다. 이 가정에서 나는 전자 때문에 무시당해도 되는 사람이었고, 후자 때문에 비난받아도 되는 사람이었다. 내 일터는 집이었고 작업실도 집이었고 쉴 곳도 집이었다. 모든 모순이 시작되는 곳도 바로 집이었다.

낮 내내 아이에게 모든 순간 최선을 다했는데도, 늦은 밤까지 나를 놓아주지 않고 "엄마, 내 옆에서 잠깐 누웠다 가면 안 돼?"라고 묻는 아이에게 "엄마, 일해야 해."라고 거듭 말하며, 드러나지 않은 진짜 나는 울부짖고 있었는지 모른다. "엄마, 그냥 안 쓰면 안 돼?"라고 말하는 아이들에게 어떻게 나를 이해시킬 수 있을까. 얼마나, 온건하게 말해야 할까. 잠깐 누웠다 가는 일은 정말 잠깐일 수 있지만 나에겐 또 다시 쓰지 못한 채 지나가는 밤이었다. 아이들이 잠들고 내가 혼자 집안일을 마치면, 나에겐 스스로를 고립시킬 작은 방이 필요했다. 그곳에서 단 한 시간이라도 눈치 보지 않고 쓰고 싶은 것에 몰입하고 싶었다. 하지만 아이들을 모두 재운 뒤에 나는 종종 아이들과 함께 지쳐 잠들어버렸고, 어쩌다 깨어 거실이나 비어 있는 아이의 방에 불을 켜도 말짱한 정신으로 쓸 수 있는 시간은 길지 않았다. 그 모든 것을 이기고 앉아 있으면 남편이 새벽에 일어나 내 몸을 만지거나 말을 걸었다. 당신이 원하는 시간 역시 길지 않은 시간이고 몇 번일 뿐이지만 내가 마음 놓고 쓸 수 있는 유일한 시간이기도 해서, 나는 당신의 요구를 지연시키고 내가 그곳에 있는 이유를 이해시켜야만 했다. 모두가 그냥 하는 일들을 나는 언제나 이해시켜야만 했다. 그럼에도, 나를 사랑한다고 말하는 사람들은 나를 이해하려 들지 않았다.

"너 그거 써서 얼마나 번다고." 당신은 글 다음이 돈이 된다고 생각해 서운함을 토로했고, 서운함은 종종 나에 대한 비난으로 이어졌다. 자존감은 바닥을 치고, 내가 무언가를 성취했던 기억은 희박해졌다. 아이를 돌보느라 당장 직업을 가질 수 없다는 걸 알면서도, 기회만 있으면 말로만 나를 아무 자리에나 욱여넣었다. "애들 엄마 좀 일하게 해줘."라며 직업을 못 구하는 무능력한 사람으로 만들었다. 내가 직업을 갖는다고 해도 육아와 가사 노동은 여전히 엄마인 나의 몫이어야 하는 사정은 누구에게도 고려의 대상이 아니었다. 처음부터 상관이 없었다. 가정을 벗어나도 사정은 크게 다르지 않았다. 아이를 가진 엄마와 학부모를 잉여 인력으로 매도하는 사람들. 세상은 항상 나를 일하지 않는 사람 취급했다. 결혼 전부터 내가 글을 써왔고, 쓰고 있고, 더 쓸 수 있으며 그와 관련된 일들로 돈을 벌어 왔음에도 그 분야의 일들이 '온당한 정규직'이 아니라는 이유로 내가 가진 경력 또한 인정하려 들지 않았다.

나는 많이 지워졌다. 내가 내 이름으로 살았던 시절은 없어졌다. 작품을 읽으며 작가의 연표를 볼 때마다 나는 위대한 그 작가의 업적을 보는 것이 아니라 그의 아내나 엄마의 삶을 찾았다. 함께 위대한 경우는 드물었다. 대부분 남편과 아이들을 위해 희생하거나, 꿈이 없이 살거나, 함께 공부했지만 아이를 키웠거나, 그 과정에서 끝이 났거나 외로움에 지쳐 죽었거나 미쳤다. 소모품이었다. 나는 나로 존재하길 원한다. 아무리 온당하게 정리하려 해봐도 결혼 생활은 아내이자 엄마로서 글을 쓰는 여자에 대한 교정의 과정이었다. 드러나지 않아도 가부장제가 전제였고, 내가 하는 생각들은 여전히 그 속에서 교정의 대상에 불과했다.

"나도 위로받을 데가 아무 데도 없어!" 당신에게

아내는 남편에게 관심을 갖고 위안이 되는 존재여야 하며 남편을 돕고 사랑하는 사람이어야 했다. 당신은 내가 당신에게 잘해야 한다고 말한다. 내가 낮 동안 가정에서 하는 모든 일들이 당신을 위한 것이 아니라고도 말한다. 당신은 밖에서 온종일 가정을 위해 일하는데, 나는 집에서 애만 본다고. 청소와 빨래는 물론 택배 박스를 뜯어 정리하고 쓰레기를 버리는 것까지 갖은 허드렛일이 모두 아이들을 학교에 보낸 뒤 얻은 서너 시간 동안 내가 끝내야 할 일이었지만, 아무도 신경 쓰지 않고 당연히 그렇게 되어 있어야 할 일이었으므로, 나는 오로지 아이들만 볼 뿐 아무것도 하지 않는 사람이 되어 있었다. 당신이 돈을 버는 중요한 일을 하는 그 시간에, 나는 아무도 대가를 지불하지 않지만 우리 가족 모두에게 필요한 그 모든 일을 당연히 끝내야 할 뿐이고, 나는 아이들이 좋아서 아이들과 놀 뿐인데, 그럼에도 나는 당신이 원하는 고작 그 짧은 새벽 시간조차 당신을 위해 쓰지 못할 정도로 당신을 지독하게 미워한다는 것이다. 당신에게는 내가 필요한 것이 아니라 당신이 그려낸 아내가 필요했고, 그 아내는 온갖 감정 노동마저 담당하는 종합 '가족 노동인'으로 그 가정의 소유물이었다.

당신이 내게 바라는 위안과 관심은 내가 글을 쓰는 일과 절대 양립할 수 없었다. 당신이 원하는 아내가 글을 쓰는 나일 수도 없었다. 밤의 모퉁이에 도달해서야 아무도 잠들지 않은 작은 방에 홀로 남아 겨우 시를 쓰기 시작하는 나는, 당신에게 오로지 쓰기 위해서만 깨어 있는 이기적인 '나'일 뿐이었다. 내가 글을 쓰기 위해 몰입하길 원하면 그건 당신을 거부하기 위한 말도 안 되는 변명이었고, 당신의 자존심을 상하게 하는 일이었으며, 당신에게 모멸감을 주는 행동이었다. 새벽에 혼자만의 시간을 원하는 나는 당신에게 남편을 사랑하지 않으면서 아이를 키울 경제적 도움을 얻기 위해 이 가정을 유지하는 기생충이 되어 있었다.

글을 쓰는 나는 치워져야 하는 나였다. 내가 쓰는 모습을 보이지 않으면 문제가 되지 않았기 때문이다. 잠깐의 독서 수업을 준비할 때도, 인터뷰 글을 쓸 때도 나는 모두가 잠든 밤에 몰래 숨어서 했다. 정해진 나만의 공간은 없었지만 집안 어디건 나의 밀실이 될 수는 있었다. 눈에 띄면 또다시 싸움이었다. 내 일은 누구나 훼방 놓고 탓할 수 있는 일이었기에 나는 더욱더 집안으로 숨어들어야만 했다. 그게 아니라면, 나는 싸우지 않고 나 자신을 내려놓아야만 행복한 가정의 일원이 될 수 있었다. 아이를 돌보고 집안일이 끝나면 남편의 이야기를 들어주고 사랑과 위안의 대상이 되는 것. 나는 이 가정에서 언제나 밑바닥에 있었는데. 분노가 들끓었다가 어느 순간 체념한다. 그 사이 나를 위한 시간은 하나도 남지 않는다.

그래서 다른 밤과 마찬가지로 마감을 앞둔 밤은 우리에게 생지옥이었다. 내가 이미 마감이 지나버린 원고를 써야 한다고 말하면 나의 입장에서는 애원인 말이 당신에게 가닿을 때는 짜증이 되고 화를 낸 게 되어 버린다. 쓰겠다는 나의 말이 너무 견고해서 당신은 견딜 수 없다고 말한다. 나 역시 당신의 논리가 너무 견고해서 요즘엔 말을 피한다. 솔직히 이젠 그런 말들을 들어도 예전처럼 화가 나지도, 억울하지도 않다. 내 상황을 변호하기 위한 나의 말이 당신을 가해자로 만든다는 말에 저항하려 해 봐도 아무 소용이 없다는 것 역시 안다. 당신은 믿지 않겠지만 나는 당신의 입장도 어느 정도 이해가 가기 때문이다. 그다음부터는 익숙한 반복이다. 말들의 지옥이고 소리의 지옥이다.

서운함은 서로에게 폭력이 되거나 상처가 된다. 나만 쓰지 않으면 되는데, 그럼에도 나는 쓰고 싶었다. 등단을 하고 첫 시집이 나오기를 기다리며 시인으로 활동하고 공부하는 와중에 결혼을 했는데 갑자기 이제 와서 쓰지 않는 사람으로 살 수가 있을까. 그렇게 글을 쓰고 싶으면 혼자 살지 결혼은 왜 했냐는 당신의 비난에도, 나는 원고를 보내지 못하면 어쩌나 하는 걱정이 앞섰다. 내게 그건 누구를 사랑하고 미워하는 문제가 아니라 당장에 써야 하는 문제였다. 그렇게 매번 지겹도록 같은 일로 싸워도 싸움은 계속되었다. 싸우지 않으면 나를 위한 시간은 결코 오지 않았고, 글을 쓰지 않더라도 누구에게나 혼자 쉴 수 있는 시간은 필요하다고. 문제는 내가 그렇게 겨우 얻은 시간에 쉬지 않고 글을 쓴다는 거였고, 글을 쓸 시간은 어떻게든 만들면서, 그 시간을 당신을 위해서는 쓰지 않는다는 것이 당신의 서운함이라는 것을 나는 알고 있다. 우리는 이 가정을 어떻게 폭파해야 할지 몰라 들끓으며 싸우고 또 싸우는 사람들이었다.

왜 잠을 자지 않고 글을 쓸 수는 있으면서, 혹은 써지지 않는 글을 쓰려고 깨어 있을 수는 있으면서, 그 새벽에 나를 찾는 식구들이 반갑지 않은지. 그게 내가 원하는 일을 하기 때문이 아닌, 사랑의 문제로 치환될 일인지 뒤집어 생각해 보려고 무던히 애썼다. 그게 나의 문제가 아니라면 자기가 문제냐고 묻는 말에 너도나도 문제가 아니라는 말을 해보아야 결론은 나지 않았다. 결국은 누군가 한 사람의 문제여야 했다. 타인은 타인을 이해할 수 없다는 결론에 다다랐다. 우리는 사랑하는 타인이 있고, 사랑하는 사람을 이해하려고 하는 것이지 타인을 이해하려고 하지는 않는다. 그것도 사랑하지 않는 타인을. 당신이 나를 사랑하지 않는다고 해도 그건 문제가 아니었고, 내가 당신을 사랑하는 문제가 추궁해서 될 일도 아니었다. 감정이 어떻게 일이 되고 해결해야 할 문제가 되는 걸까. 나는 설명할 길이 없었다. 끊임없이 내게 물었다. 글을 쓰려는 게 문제인 걸까, 사랑이 문제인 걸까. 내가 글을 쓰는 일과 가족을 사랑하는 일이 양립할 수 없는 일이라는 걸까. 내가 창작을 위해 낼 수 있는 조금의 시간과 혼자일 수 있는 저녁의 공간이라도 있다면 그건 엄마와 아내로써 사용되어야 할 나를 소모하는 것이므로 부당하다는 걸까. 모두가 잠든 시간에 혼자 있기 위해 나는 무엇을 더 어떻게 변명해야 하는 걸까. 상대방이 느낄 수 없는 사랑을 사랑이라고 할 수 있을까. 내가 느낄 수 있게 나를 사랑하는 사람을 만나면 그 사람은 내가 글을 쓰고, 아이들을 사랑하는 것에 내 시간을 쓴다는 것을 이해해 줄까. 언제나 불가능했다. 우리가 서로를 나눌 수 없다면.

그런 생각을 한 적이 있다. 집을 깨끗이 치우고 나는 가족들이 오기 전에 집에서 퇴근해 글을 쓰러 간다. 집이 일터가 되는 건 지치는 일이었다. 내가 사랑을 할 때 그것은 주는 것인데, 사랑을 받을 때도 주는 것이 되어버리는 것처럼. 내가 행복했던 날들은 집으로 돌아가 내가 좋아하고 싶은 것을 마음껏 좋아해도 상관없던 날들이었다. 등단을 하고 대학원에 다니기 전, 아르바이트를 하고 봉사활동을 하며 마음껏 시를 쓰던 시절. 동네 바에서 잠시 아르바이트를 하던 동생이 일을 마치고 새벽 3시쯤 집으로 오면, 내 방에서 나는 여전히 잠들지 않고 컴퓨터 앞에 앉아 있었다. 우리는 나란히 앉아서 그날의 이야기를 나누었다. 새벽 4시에 라면을 끓여 먹고 자도 얼굴이 붓지 않는 우리 자매는, 동생이 봉지에 담아 온 마른안주를 먹으며 내일을 꿈꾸었다. 나는 동생의 이야기를 듣고, 동생은 자신의 일을 하고 나는 내 글을 썼다. 우리가 각자의 일을 한다고 서로를 나누지 않았던 건 아니었다. 나를 사랑하는 사람들은 글을 쓰는 나 역시 사랑해 주었다.

우리가 결혼을 하지 않았더라면 우리의 현실은 달라졌을까. 내가 다른 일을 했다면 우리의 상황은 달라졌을까. 결혼하기 전에는 내가 글을 쓰는 게 문제가 되지 않았다. 나는 대학원에 다녔고 대학에서 홍보 기사 쓰는 일을 해 장학금을 받고 생활비를 벌었다. 결혼 전 문예 창작을 전공하고 있던 남편과는 시 모임에서 스치듯 알게 되었고 우리는 만나면 시 이야기를 나누었다. 연애를 시작하며 나는 데이트 비용을 벌기 위해 몇몇 기관에서 쓰거나 가르치는 일을 더 했고 아이를 가졌고 결혼을 했다. 남편은 대학을 다녔고 나는 똑같이 일을 하고 대학원에서 공부를 하고 시를 쓰고 집안일을 도맡았다. 그때부터 시간이 부족한 내가 저녁에 글을 쓰거나 대학원 과제를 할 때면 비난이 뒤따랐다. 어떤 엄마도 임신을 한 채로 자신의 꿈을 위해 밤을 새우지 않는다는 이유였다. 내가 하는 일은 내 꿈을 좇는 일로 축소되었고, 나는 뱃속의 아기를 학대하는 엄마가 되어 있었다. 아이가 태어난 뒤에도 쓰는 나는 이상하고 괴상한 엄마로 비난받았다. 나는 더 이상 대학원에 다니거나 돈을 벌 수 없었고, 갓난아이를 돌봐야 했다. 그 무렵 졸업한 남편이 돈을 벌어야 했다. 나는 대학에서 특수교육학을 전공했지만 졸업 후에는 임용을 보지 않았고, 석사를 마치지 못했기 때문에 내 신분은 불안해졌다. 차라리 아이를 혼자 낳았더라면 아이를 맡기고 일을 하고 아이를 더 낳지 않은 채로 더 많은 글을 썼을까. 남편 역시 글을 쓰고 싶어 했던 사람인데, 결혼을 하지 않았더라면 지금처럼 전혀 다른 일을 하는 게 아니라 글을 쓰고 있었을까. 그러면 우리는 좀 더 나았을까. 우리는 시가 얼마나 돈이 되지 않는지 인정받지 못하는 게 얼마나 고통스러운지 아는 사람들이었다. 싸움이 시작되면 서로를 잘 아는 우리는 줄을 묶어 서로의 영혼을 아스팔트에 끌고 다녔다.

내가 남편과 같이 가게에서 일했다면 괜찮았을까. 일을 한다고 해도 나는 집으로 와서 아이를 돌봐야 했을 거고, 내가 일하는 시간이 남편보다 적다면 코로나와 같은 상황으로 아이를 전적으로 돌봐야 하는 상황이 닥쳤을 때 언제든 그만두어도 되는 사람 취급을 받진 않았을까. 남편의 말처럼 내가 남편보다 돈을 더 많이 벌게 된다면 남편과 살 이유가 없게 되는 걸까. 자본이 충분하다면 아이를 기르고 글을 쓰기에 문제가 없는 걸까. 남편의 말대로 이 가정을 유지하는데 가장 큰 기여를 하는 건 남편이고 그가 이 가정의 중심인데 내가 충분히 그를 대접해 주지 않아서일까. 우리의 형편이 좋아질수록 쓰는 나는 더 크게 비난받았다. 그가 돈을 버는 데 익숙해질수록 나도 육아에 익숙해지는데, 이 균형은 우리 가족 모두의 노력으로 이룬 게 아닌 걸까. 자본이 충분하다는 것은 누구에게 좋은 것일까. 내가 글을 쓰지 않으면 가족들이 행복한 걸까. 내가 나를 갈아 넣어서 깨어 있는 모든 순간을 가족들을 위해서 쓰면 나는 나를 잃어버리게 될 텐데. 쓰기 위해서는 이 가정을 깨뜨려야만 하는 걸까.

우리가 서로를 이해하게 된다면 우리가 원하는 것

을 잃을 수 있기 때문에, 우리의 이해가 불행히도 상충되기 때문에, 나는 어느 정도 내 삶에서 당신을 놓아버린 것 같다. 사랑이라는 이름으로 나를 원하면 사랑하는 나는 한 조각도 남지 않을 것 같았다. 동이 틀 때까지 아이들이 악몽을 꾸지 않기 위해 밤새도록 필요하다는 나와, 매일같이 세상에서 제일 큰 보석이 되는 나와, 넘치는 사랑에 더 큰 사랑으로 답하기 위해 허덕이는 나와, 부족한 나들에 대해, 나를 위해 쓰일 여력이 남아 있지 않은 나는 생각한다.

엄마들

몇 번의 순간으로 분절된 밤 시간이 지나고 아침이
온다. 여러 청탁이 있었던 그 봄, 내가 느낀 것은 끈
질긴 슬픔이었다. 그건 피부 같았고 피부에 달라붙은
피지나 매일의 먼지같이 그 자리에 꼭 있어야 할 슬
픔이었다. 매일 쓰지 못한 몸으로 잠드는 나를 바라
보았다. 시간이 부족해 아이 친구의 엄마가 하는 동
네 카페에서, 아이가 그 집 아이와 음료를 마시는 동
안 노트북을 열기도 했다. 열기라도 하면 다행이었
다. 학교와 학원에서 공원으로 아이를 데리고 다닐
때, 노트북은 항상 나의 가방 속에 있었지만 대부분
꺼내지 못했다. 나는 잘 쓰지 못했다. 잠깐의 집중도

허용되지 않았다. 아이들은 저녁을 먹고 숙제를 하러 들어가서도 끊임없이 내게 물었고, 그날 자신들에게 일어난 일들 가운데 기억하고 싶은 일에 내가 관객으로 남아주길 바랐다. 아이들은 자신들의 일상에 내가 스며들어 있길 바랐다.

나는 아이들보다 더 많이, 더 자주 아이들과 함께 살길 원하는 사람이다. 시에 쓰기도 했지만, 나는 내가 없는 아이들의 이야기를 잘 견디지 못했다. 물론 지금은 아니다. 우리들은 서로를 많이 놓아주었다. 나는 글을 쓴다. 동네의 다른 엄마들도 다른 수식을 갖고 있다. 자신의 일을 하는 엄마도 있고, 요리를 잘하는 엄마도 있고, 아이에게 설명을 잘해주는 엄마도 있다. 나는 내가 가질 수 없는 것들을 가진 사람을 보는 것처럼, 그런 엄마들이 부럽고 좋다. 책이 나오면 서로의 아이를 돌보아주는 상냥하고 다정한 엄마들과 함께 나누었다. "이모, 멋있대." 나를 이모라 부르는 동네의 아이들이 책을 보며 했다는 이야기를 엄마들에게 전해 들었다. 우리가 같이 나누었던 모래

놀이터나 해오름 놀이터와 같은 공간에 대한 이야기
가 나오면 책을 받은 엄마들은 신기해했다. 나에게는
그런 것들이 위로였다. "원고 좋더라." 내 사정을 알
아서 내가 잘 쓸 수 있는 주제를 청탁해 준 문우에게
그런 톡이 오면, 글이 좋다는 말을 들으면, 평생 자
지 않고도 쓸 수 있을 것 같다. 그래서 글을 쓰는 나
와 엄마와 아내는 양립할 수 없는 걸까. 당신의 주변
에도 이런 사람들이 있고 이런 일이 있지 않을까. 아
이가 생긴 후 당신은 전과 다른 일을 하고, 나는 전과
다른 글을 쓰지만 그래서 이전과 다른 기쁨도 있다.
믿지 않겠지만 나는 나만큼이나 당신이 가엾다.

아줌마 요새 좀 불쌍했어요. 아기 돌보면서 매일 나
를 빨고 말리고 개고. 또 빨고 말리고 개고. 그러다
누가 돈 준다고 하면 아기 재워 놓고 글도 쓰고, 그
러는 와중에 아기가 울면 달려가서 달래고, 재우고.
겨우 아기 잠들면 다시 살금살금 쥐새끼처럼 식탁
으로 기어 나와 다시 글 쓰고. 아저씨는 일 끝나고

집에 오면 나 던져 두고 핸드폰 게임하고, 야구도 보
던데. 그런데 아줌마가 하는 일은 돈이 생기는 일이
아니니까, 생겨도 터무니없이 적으니까. 아저씨가
하는 일이 돈을 더 많이 가져다주니까. 그래서 아저
씨는 집에서 꼼짝 않고 누워 있는 거죠?*

　　　　　　　　　　　　　－〈아저씨, 나 아저씨 양말이에요〉 부분

　당신이 내게 바라는 이해와 위로를 나는 나와 비슷
한 처지의 시에서 얻는다. 이 시를 쓴 시인을 결혼하
기 전 모임에서 몇 번 봤고, 결혼을 한 뒤에는 제주에
내려가 산다고 들었다. 그녀의 SNS를 보고 출산 소식
을 알았고 가끔 올라오는 아이의 사진을 보았다. 그녀
는 둘째를 출산한 뒤 육아의 비중이 더 높아진 나와
달리 딸의 육아를 하면서도 활발한 작품 활동을 하고
있었다. 친분이 깊진 않지만 나는 멀리서 그녀의 활동
을 응원하고, 그녀가 SNS에 소개하는 책을 찾아서 읽

•　　강지혜, 《이건 우리만의 비밀이지?》, 민음사, 2022.

고 위로를 받는다. 보이지 않게 혼자 글을 쓴다고 생각하지만 우리는 연결되어 있다. 내가 책을 올리자 그녀 역시 공감한 책이라며 댓글을 남겼다. "지금 이모랑 낚시하러 가도 돼?"라는 문장이었다. 어슐러 르 귄의 〈지금 이모랑 낚시하러 가도 돼?〉••라는 글에 나온 문장이었다. 작가에게 꼭 필요한 것이 무엇이냐고 묻는 아이에게 상상력은 연필과 약간의 종이라고 말한다. 자기만의 방이 없더라도, 정말 조금밖에 자유롭지 못할지라도, 글을 쓰는 사람이 되어 머릿속에 있는 호수에서 낚시를 하는 그 순간만큼은 자신이 연필로 종이에 쓴 것을 홀로 책임진다는 것. 자유롭다는 것. 이렇게 또 위대한 작가의 생각과 연결된다. 우리의 상황이 어떠하건, 쓰는 순간만큼은 자유롭다.

세 번째 시집을 준비하는 동안 원고를 읽고 추천사를 써주신 선생님으로부터 뜻밖의 전화를 받은 적이 있다. 그때 나는 아이를 데리고 학습지 센터에서 친

•• 도리스 레싱, 에이드리언 리치 외, 모이라 데이비 엮음, 김하연 옮김, 《분노와 애정》, 시대의 창, 2018.

구 엄마와 아이들 이야기를 하고 있었는데, 전화를 받았을 때 다른 공간으로 순간 이동을 한 것 같았다. 선생님은 내 원고를 읽으면서 너무 공감하는 마음에 출판사에 내 전화번호를 물어 응원을 하려고 전화를 주셨다고 했다. 나의 상황과 전혀 다를 거라고 생각했던 선생님이 내 글에 공감한다는 말에 한편으로는 가슴이 짠하고, 동시에 나는 또 그렇게 써나갈 힘을 얻는다. 당신도 이런 순간이 있지 않았을까.

아이 옆에서 눈을 감은지 한두 시간 만에 눈을 떠 보면, 아이는 바다에 잠들어 있다. 침대 옆에 있는 아이의 방 창문에는 우리가 며칠 동안 함께 만든 글라스데코가 한가득 붙어 있다. 분홍색 머리를 한 인어공주, 검은 피부의 피터팬, 무지개 빛깔 거북이와 야광 금붕어도 있다. 낮 동안의 나는 온전히 아이들의 삶 속에 있다. 같은 공간에 있지 않는다고 해도 아이들은 내 곁에 늘 머물러 있다. 아이의 바다에서 아이는 악몽 없이 편하게 잠들었을까. 나는 거의 매일 악몽을 꾼다. 아이들과 함께 있어 다행이라고, 무사히 하루를 마칠 수 있어 행복한 날이었다고 느끼는 날에도, 눈을 뜨고 있어도, 악몽은 계속된다. 이대로 쓰지 못한 채 내 삶이 아이들의 온건한 삶과 함께 흘러가 버리게 될지도 모른다는 불안은, 언젠가 무한한 시간이 생겨도 무엇도 쓸 수 없게 되는 날이 올지 모른다는 강박이 되어 나를 찾아온다.

"엄마는 누굴 제일 사랑해?" 나는 사랑하는 것들을 말해준다. 내가 제일 사랑하는 것이 무엇인지는 알 수 없다. 내게는 가정도 소중하고 아이들도 소중하고 당신도 소중하고 내 글도 소중하고 동료들의 글도 소중하고 엄마들과 함께하는 대부분의 일상도 소중하다. 유일한 사랑을 묻는 아이에게, 온전한 사랑을 바라는 아이에게 언젠가 말해주고 싶다. 모든 사랑은 불안을 껴안고 있는 거라고. 불안하니까 서로를 꼭 껴안는 거라고. 오늘도 아이를 꼭 껴안은 가슴으로, 당신과 잡았던 손으로, 아프고 망가진 몸으로 쓴다. 나에게도 내가 필요해서, 나는 나를 데리고 가는 중이다.

"온전한 사랑을 바라는 아이에게 언젠가 말해주고 싶다.

모든 사랑은 불안을 껴안고 있는 거라고.

불안하니까 서로를 꼭 껴안는 거라고.

오늘도 아이를 꼭 껴안은 가슴으로,

당신과 잡았던 손으로, 아프고 망가진 몸으로 쓴다.

나에게도 내가 필요해서, 나는 나를 데리고 가는 중이다."

쓸 수 없는 것을
위하여

—

김나영(평론가)

꿈을 꾼다. 꿈속에서 나는 서둘러 글을 쓴다. 키보드를 두드리는 손은 축축히 젖어 있고, 노트북은 어디에 놓여 있는 건지 모르겠지만 자꾸만 옆으로 기운다. 무릎으로 노트북을 받치려 애쓰면서 키보드에서 미끄러지는 손가락에 바짝 힘을 준다. 그러다 갑자기 나는 달린다. 헉헉 대다 잠시 멈춰 숨을 고르고 다시 달린다. 이건 꿈이야, 꿈인 줄 아는데도 늦으면 안 된다는 생각에 달리기를 멈출 수가 없다. 아이를 데리러 가는 길이기 때문이다. 저 멀리 어린이집 문이 보이는데 도착할 수가 없고, 그 와중에 나는 펼쳐둔 노트북은 무사할까 걱정한다.

쪽잠에서 깨어나면 나는 밤과 아침의 한가운데 멀뚱히 있다. 새우처럼 구부린 채 누워서 눈만 겨우 뜬 상태다. 곁에 놓인 폰으로 시간을 확인하고 망연자실

한 채 일어날 것인가 계속 잘 것인가를 고민한다. 그 때의 내가 바로 여기 지금 내가 바라보고 써보려 하는 나다. 아이를 재우고 그 자리에서 함께 잠들어버린 나는 눈을 뜨자마자 지독한 열패감에 사로잡힌다. '애 재우고 글을 마저 썼어야 하는데, 내일 일정에 필요한 준비도 했어야 하는데, 어린이집 가방에 들어 있는 물통도 씻어야 하는데…….' 하지만 정작 저녁에 했어야 할 세수도 못한 상황이다.

통계청 자료에 의하면 2020년 기준 맞벌이 부부의 비율이 45.4%에 육박하며, 동시에 일하는 여성의 경력 단절의 사유가 결혼 37.5%, 임신과 출산 26.8%, 가족 돌봄 15.1%, 육아 13.6%, 자녀교육 6.9%로 나타났다. 일하는 여성 열 명 중 일곱 명 정도가 결혼을 하고도 계속 일을 하지만, 임신과 출산과 육아라는 생애주기를 거치며 그 중 절반이 자기 일을 포기하고 있다는 말이다. 이런 현실에서 나는 여전히 일을 하고 있으니 행복한 걸까. 내 일과 육아라는 두 마리 토끼를 잡았으니 행운인 걸까. 솔직히 잘 모르겠다. 내 일에서도 육아에서도 자신이 없기 때문일까. 나는 워킹맘일까.

워킹맘이라는 말을 처음 들었을 때 가졌던 의아함은 내가 워킹맘이 되어서도 여전하다. 일하는 엄마라는 말은 마치 엄마라는 정체성에 수상하고 불필요한 수식을 입혀둔 것 같지 않은가. 엄마라는 순수한 대상이 있고 거기에 '일하는'이라는 표식을 붙여서 백 프로 엄마가 아닌, 어딘가 특별하고 따라서 불온한 엄마라는 의미로 풀이한다면 그게 이상한가. 엄마가 엄마로서의 역할이 아닌 이외의 '일'을 한다는 게 왜 다른 카테고리로 분류될 만한 일일까. 그런 질문들이 수없이 이어지지만 워킹맘은 일단 침묵한다. 너무 피곤하기 때문이다.

세상에 수많은 워킹맘이 있지만, 프리랜서인, 그 중에서도 글을 쓰는 엄마들은 특별한 명암을 누린다고 생각한다. 글쓰기와 육아는 어딘가 심각하게 닮은꼴이어서 때로는 서로를 돕기도 하지만 때로는(대부분) 서로를 방해한다. 우선 글쓰기는 '나'를 발견하는 일이다. 세계와의 관계를 통해서 과연 내가 누구인지, 어떻게 왜 존재하고 존재할 수 있을지를 사유하고 감각하는 과정이 글쓰기로 발현된다. 그러니 글을 쓰는 사람은 거듭 '나'를 반성하며 '나'를 발명한다. 백지의 세계에 '나'를 기입하는 과정이 곧 글쓰기인 것이다. 그렇다면 육아는? 세상의 모든 엄마들이 입을 모아 말할 수 있을 단 하나의 진실은 육아는 아이를 낳고 기르는 동시에 새로운 '나'를 마주하는 일이라는 것이다. 피와 땀과 눈물이 범벅이 된 그 자리에서 아이가 태어나는 순간, 엄마인 '나'도 태어난다. 그러니까 완성형인 엄마가 있어서 그 엄마로서 아이를 낳아 기르는 게 아니라 아이를 키우며 엄마인 자신도 함께 키우는 게 육아다. 때문에 육아는 어렵고 매순간이 자기와의 싸움이다. 온통 처음인 세계를 마주하고 거기서 자신을 잃지 말아야 한다는 것, 그래야 아이도 '나'도 지킬 수 있다는 것이 육아의 정언명령이다.

온통 처음인, 아무 것도 적혀 있지 않는, 길도 이정표도 시계도 문도 하나 없는 그곳에서 어떻게든 한

걸음씩 움직이며 그곳에 '나'를 기입하는 일은 글쓰기나 육아나 마찬가지이므로 내 경우 글쓰기의 많은 부분이 육아 경험을 통해 수정되고 보완되고 비로소 성장했다는 자신이 들기도 한다. 하지만 마냥 행복할 수 없는 것은 그러한 변화 역시도 글쓰기를 통해 표현되어야 비로소 결실을 맺었다고 할 수 있기 때문이다. 육아는 행복한 글쓰기를 마냥 두고보지 않는다. 글을 쓰기 위해 필요한 시간과 공간, 에너지와 의지를 모두 앗아가기 때문이다. 서로 닮은 이 둘은 '나'의 자리를 두고 한 치의 양보도 없는 싸움을 한다. 매일 낮 매일 밤을. 원고는 지지부진하고 마감은 미뤄지지만 육아는 계속된다. 골반이 뒤틀리고 어깨 한쪽이 기울고 누워 있지 않아도 새우 같은 형상을 한 몸으로 늦은 밤, 혹은 하원시간 직전 메일창을 열어 읍소의 문장을 갈고 닦는다. 제가 어제도 쓰지 못한 몸으로 잠이 들어….

쓰지 못한 몸은 언제나 쓰고 있는 몸이기도 하다. 아이를 재우며, 아이를 먹이며, 아이와 함께 걸으며,

아이와 대화를 나누며, 아이를 바라보며, 아이를 외면하며, 아이가 곁에 있을 때나 없을 때나 써야 할 것들을 생각하고 잊지 않고 기억하려 애쓴다. 오늘 나는 일주일 동안 틈틈이 검색한 아이의 보습크림과 겨울용 실내복을 주문하고 유산균과 마스크가 며칠 치 남았는지를 확인했다. 그러면서도 오늘까지 넘기기로 한 원고의 첫 문장을 고민했다. 처음부터 이 혼란하고 수습되지 않는 정신을 고스란히 반영할 것인가, 아니면 최대한 단정하고 다정하게 육아와 글쓰기의 절충을 그려볼 것인가. 하지만 언제나 그랬듯 인터넷 검색창과 마켓의 홈페이지를 손가락으로 훑으며 방금까지 내가 무슨 생각을 했었는지를 잊고 내가 무엇을 잊었는지조차 잊은 채 대략 일 분간 망연자실했고, 눈앞의 자질구레한 것들을 치우며 안심했다.

그리고 다시, 나는 꿈을 꾸고 있다. 꿈속에서 나는 글을 쓰고 있다. 옆도 뒤도 돌아볼 겨를 없이 집중하고 있는데 곁에서 아이의 목소리가 들린다. "엄마. 엄마, 괜찮아." 내가 괜찮다는 건지, 자기가 괜찮다는 건지, 도대체 왜 괜찮다는 건지, 무엇이 괜찮다는 건지 모르겠지만 듣는 순간 그 말이 '나'를 있게 하고 쓰게 한다는 걸 알았다. 나를 있는 그대로 받아들여주는, 내가 나라서 다행이라 여기게 해주는, 내가 계속 나일 수 있도록 불러주는 너로 인하여 마침내 나는 나를 쓰고 있다. 이 꿈이 계속되기를. 그러기 위해서 현실의 나는 계속 쓰는 나와 쓰지 못하는 나로 갈라져 피와 땀과 눈물을 흘리게 되겠지만 괜찮다, 괜찮다고 말해주는 아이가 나와 함께 있어서 찬 새벽 망연하게 깨어나도 나는 다시 꿈꿀 수 있다.

*

이 글을 쓰는 시각은 새벽 세 시 경이다. 쓰지 못한 몸으로 잠이 들었지만 오늘도 그저 누워 있을 수만은 없어 억지로 몸을 일으켰다. 내가 쓰지 못한 것은 글뿐만이 아니라는 생각, 모종의 현타가 강하게 들었기 때문이기도 하다. 내 몸이 미처 쓰지 못한 것은 시간이기도 하고 돈이기도 하고 공간이기도 하다. 거의 한 세기 전에 쓰인 〈자기만의 방〉에서 버지니아 울프가 여성이 글을 쓰기 위해서는 "돈과 자기만의 방"이 있어야 한다고 했듯 여전히 기혼 유자녀 여성이 글을 쓰기 위해서는 자유롭게 쓸 수 있는 시간과 공간, 혹은 돈이 필요하다. 그것의 다른 말은 육아를 누군가에게 일정 부분 분담하게 할 수 있는 물적 심적 여유일 수도 있겠다. 그런 것들을 쓰지 못한 몸은 쉽게 쓰지 못한 몸이 되어 매일 밤 잠들지 못한 채로 잠들어 있을 것이다. 나는 자주 나처럼 하루를 하루로 보내지 못하는 엄마들의 생활이 궁금했다. 아침에 시작되어 밤에 끝나는 하루를 동경하는 사람들 중 대다수는 글쓰는 엄마들이라고 확신했다. 시작도 끝도 없는, 그러므로 언제나 도중에 있는 자들 특유의 불안과 위태를 매일의 표정과 삶의 태도로 장착한 사람들 말이다. 그러면서도 아이의 말 한마디에 다 괜찮아지는 이상하고 아름다운 나라에 살고 있는 사람들이 말이다.

*

2001년에 미국에서 출간되었고 2018년에 한국
에서 번역된 《분노와 애정》(Mother Reader: Essential
Writings on Motherhood)은 사진작가인 모이라 데이비
가 서른여덟에 첫 아이를 낳고 "고립감에서 벗어나"
"앞으로 나아가면서 더 잘해낼 수 있도록" 자발적으
로 읽어온 글들을 묶은 책이다. 어느날 SNS에 여느
때처럼 글쓰기와 육아를 병행하는 일의 어려움과 고
충을 토로하듯 적어두었는데 마찬가지로 육아를 하
며 글을 쓰는 문우(그는 아빠지만)가 나에게 이 책을 추
천해주었다. 노벨문학상 수상작가인 도리스 레싱, 인
류학자 마거릿 미드, 시인 실비아 플러스, SF작가 어
슐러 르귄, 《컬러 피플》의 작가 앨리스 워커 등 세계
적으로 유명한 여성 작가 열여섯 명의 글이 실린 이
책을 읽고, 아니 이 엄마 작가들의, 반쯤은 미친 고백
들을 통해 나는 '엄마'로서 내가 겪은 양가감정을, 분
노와 애정을 더 이상 속으로 삼키지 않아도 된다는 용

기와 각오를 얻었으며 무엇보다도 나의 글쓰기를 옭아매던 부자유를 직시하게 되었다. 이 책의 기획은 그렇게(우연히 필연적으로!) 탄생했다. 마침내 한국의 엄마 작가들의 글을 묶은 이 책은 한국판 분노와 애정의 세계를 펼쳐보여 줄 것이고, 독자인 우리는 이들의 문장 너머를 비로소 상상하게 될 것이다. 그들에게 말을 걸기 위해서 적었던 문장들을 아래에 첨부한다.

*

온종일 책상 앞에 앉아 한 문장을 더하고 빼며 내가 상상하는 세계와 고투하는 것만으로도 나는 자주 지쳤던 것 같습니다. 내가 지금 하고 있는 일이 이 세계에 어떤 의미가 있을까, 과연 내 글이 누군가에게 티끌만큼의 영향이라도 미칠 수 있을까. 그런 회의가 시도 때도 없이 불쑥 마음을 비집고 들어왔습니다. 그러다 아이를 낳고 기르며 글자 바깥의 세계, 이전에는 미처 몰랐던 전혀 다른 세계를 마주하게 되었습니다. 싫든 좋든 이 세계의 문법과 원리를 수긍하고 적응하면서 책상과는 자주 멀어져야 했습니다.

한 사람이 태어나 누워 있다가 앉고 서고 달리는 성장을 목도하는 시간은 넓게 봤을 때는 우리의 성장과 변화를 의미하겠지만, 나의 일상이라는 좁은 틀 안에서는 제자리걸음 같은 것이었습니다. 어제와 오늘이 별반 다르지 않고, 때로는 그 다르지 않음에 안도하며 나 아닌 누군가의 호흡과 표정과 체온과 피부에 집중했습니다. 설거지를 하고 빨래를 개고 어질러진 집안 곳곳을 정리하면서 마음 한 켠에 쌓여가는 것은 어떤 긍지나 보람과는 거리가 먼 감정이었습니다. 글을 쓸 때와는 조금 결이 다른 회의감, 이른바 그림자 노동이 주는 감정적 피로감 같은 것이었을까요. 게다가 나의 아이를 돌보는 일에서 내가 이렇게 부정적인 감정을 갖고 있다는 데에서 오는 죄책감까지 더해져, 눈에 보이지는 않지만 이보다 더할 수는 없을 정도일 엄마의 최선은 자주 무색해지는 느낌이 었습니다.

이 세계에서 글을 쓰는 사람으로 살아가는 것과 아이를 양육하는 주체로서 살아가는 일은 닮았지만 자주 상충하는 것 같습니다. 아이의 양치질을 도우면서 머릿속에서 오래 공굴린 생각을 표현할 절묘한 한 문장을 떠올렸는데 아이를 재우고 돌아서니 그 문장은 흔적도 없이 사라져버렸습니다. 열패감과 자책감과 대상 모를 분노와 원망으로 오늘도 나는 잔뜩 위축될 뿐입니다. 글을 쓸 때의 나와 양육 주체로서의 나는 어떻게 화해할 수 있을까요. 엄마이기도 한 우리는 저마다 자기만의 방을 어떻게 마련할 수 있을까요.

모두 불을 끄고 잠든 시간, 홀로 환하게 빛나는 모니터 앞에 앉아서 내가 마주하는 나의 속내를 한번쯤은 다정하게 들여다보고 어루만져주고 싶었습니다. 그런 바람으로 당신의 이야기를 들어보고 싶었습니다.

추천의 글

—

정이현 | 소설가

'쓰지 못한 몸으로 잠든 밤'이 내게도 많았다. 얼른 애들을 재우고 책상 앞에 앉고 싶어 조바심 내다가, 두 아이 사이에 웅크려 누운 채 내가 먼저 깜빡 잠들어버린 그 밤들. 꿈에서도 놀라 눈을 뜨면 어느새 새벽이 깊어 있었다. 아무도 미워할 수가 없어서 스스로를 미워했다. 그게 제일 쉬웠다.

이 책을 읽는 동안 그 기억들이 해일처럼 밀려왔다. '나는 엄마로서도 시인으로서도 자주 실패한 하루를 산다.' 이런 문장을 읽고서 가슴이 무너지지 않기란 불가능하다. 아이를 키우는 여성 작가는 매일 이상한 전장에 서 있다. 가장 사랑하는 두 대상이 서로를 끊임없이 밀어내고 서로를 향해 날카로운 칼끝을 겨누는 것만 같다. 직업적 성과를 제대로 내지 못하고 있다는 불안과, 아이에게 모든 애정을 쏟지 못하고 있다는 불안이 무방비하게 맞부딪친다. 그 전투 공간에서 엄마-여성-작가는 자신의 실존이 점점 얇고 투명해지다가 결국 지워져 버리는 것을 무력하게 지켜봐야 한다.

그런데 이제 그들이 여기 이렇게, 함께, 그 분투를 기록하기 시작했다. 글 쓰는 여자가 아이 엄마로 사는 일, 아이 엄마가 글 쓰는 여자로 사는 일의 막막함과 고단함과 절망감에 대하여. 그럼에도 멀리 있는 희미한 빛을 놓지 않고 안간힘을 다해 또 하루를 살아가는 진심과 희망에 대하여. 계속 쓰는 한, 포기하지 않는 한, 흔들리는 먼빛은 사라지지 않을 것이다. 더딘 것 같더라도 차츰 선명해질 것이다. 기어코 그렇게 될 것이다. 이 한 권의 책이 그것을 증명한다.

김미월

나를 몹시도 힘들게 하는 아이를 원망하는 마음과, 세상에서 나를 엄마라 불러주는 유일무이한 존재인 아이에게 감사하는 마음과, 늦은 나이에 출산을 해서 아이와 함께할 시간이 많지 않음에 미안한 삼중의 마음 사이를 오락가락하며 8년째 엄마로 살고 있다.

김이설

2005년에 정희원의 엄마가 되고, 2008년에는 정효명의 엄마도 되었다.

백은선

2015년에 엄마가 되었다. 엄마가 되는 일은 이곳과 저곳에 동시에 존재하는 일 같다. 좋은 엄마이기보다 좋은 사람으로 아이의 삶에 동반자가 되고 싶다.